다정과 친절은 체력에서 나온다 하니
항상 건강 챙기시길 바라겠습니다.
우리의 다정을 위하여 ♡

2024 강청금

미드나잇 레드카펫

미드나잇 레드카펫

김청귤

소

설

네오픽션

차례

한밤의 유혈 사태

그날 눈 뜨자마자 알았어요. 네? 아니 처음부터 자세히 이야기
하라면서요. 말하지 마요? 잘 듣기나 하세요.

그날 눈 뜨자마자 알았어요. 아, 좆같은 생리가 시작됐구나. 욕
하지 말라고요? 좆같은 걸 좆같다고 하지 그럼 뭐라 해요? 아저
씨가 생리의 좆같음을 알아요? 예? 그날이나 마법이라고 말하라
고요? 아저씨, 그날 우리 뭐 했냐, 이렇게 말할 때나 그날이라고
하는 거고, 마법은 영화나 소설에 나오는 환상적인 걸 마법이라
고 하는 거죠. 생리라고 말하면 어디 덧나요? 아저씨 혹시 생리
할 때 나오는 게 파란색이라고 아는 건 아니죠? 요즘에는 TV 광
고만 보고 생리가 파란 피를 흘리는 건 줄 아는 남자애들이 많대
요. 여자가 외계인인 줄 아나. 광고를 그렇게 하면 안 돼요. 애들
이 바보 멍청이가 되잖아요. 생리대 광고를 할 거면 빨간 액체로

해야지. 그렇게 말 좀 하지 말라고요? 생리생리생리! 생리가 생리지 뭐예요? 그러니까 여자 경찰 불러달라고 했잖아요. 생리가 얼마나 좆같은지 알아야 내가 왜 그랬는지 이해할 거라고 했잖아요! 그럼 지금이라도 데려와요. 네? 없다고요? 허, 참, 여성 상위 시대니 뭐니 하더니 여자 경찰도 없고 뭐 하는 거래요? 쓸데없는 소리 하지 말고 계속 얘기나 하라고요? 네, 네, 알겠습니다.

어디까지 이야기했죠? 아, 좆같은 생리. 이야기 시작도 안 한 거네요. 제발 다른 단어 쓸 수 없냐고요? 생리, 생―리, 생! 리! 진짜 생리가 뭐라고 그렇게 민망해해요? 생리 가지고 계속 말씨름할 거예요? 그렇죠. 생리는 생리죠. 이제 생리, 좆같다, 이런 거로 트집 잡지 마세요. 알았으니까 빨리 말하라고요? 아저씨가 말만 안 끊으면 되거든요. 제가 자고 일어난 게 무슨 상관이냐고요? 기승전결 다 말하라면서요. 그래서 처음부터 시작하는 거잖아요. 성질 급하시네. 아저씨 어제 몽정했어요? 주먹 내려놓으세요! 폭력 쓰면 신고할 거예요! 그동안 범죄자 인권은 잘도 보호해주더니, 저한테는 왜 이래요? 말할 테니까 잘 듣기나 하세요.

자다가 갑자기 눈을 떴어요. 아랫배가 싸하게 아프고 무언가 흐르는 느낌이 들었죠. 핸드폰으로 시간을 확인했을 때가 3시 35분이었어요. 새벽 3시 35분. 내가 어제 몇 시에 잤더라? 어제도 아니지. 어쨌든 1시 넘어서 잠이 든 것 같아요. 근데 눈뜨니까 3시 35분이라니. 너무 어이없어서 핸드폰을 보는데 35분에서 36분으로 넘어가더라고요. 너무 피곤하니까 잠이나 더 자자, 몇 시간 더 잘 수 있어, 이렇게 생각했는데 배가 점점 아파왔어요. 아주 좆같이. 주말이라서 늦잠 자려고 했는데 다 망했죠. 내 꿀 같은 잠! 다 좆같은 생리가 망친 거예요. 그냥 배탈인가, 다 내 착각인가, 하기에는 배가 기분 나쁘게 아팠어요. 아저씨는 기분 나쁘게 아픈 게 뭔지 모르죠? 배탈이나 체한 것과는 달라요. 아주, 아주 기분이 더럽게 아파요. 다리도 퉁퉁 부어서 아프고 손가락도 부어서 주먹도 잘 쥘 수 없었어요. 씨발, 씨발, 속으로 욕 엄청 했죠. 그냥 더 자려고 했는데 속옷이랑 잠옷, 이불까지 피가 묻으면 뒤처리하기 더 힘드니까 일어났어요. 황금 같은 주말에, 해도 안 뜬 새벽에 일어나는 게 진짜 너무 억울했는데, 그거 빼는 것도 내가 해야 하니까 어쩌겠어요.

네? 빨래는 세탁기가 하는데 내가 왜 억울해하냐고요? 아저씨 아내 엄청 불쌍하다. 혹시 아내한테도 그렇게 말해요? 빨래는 세탁기가 하고 청소는 청소기가 하는데 뭐가 힘드냐, 이런 말? 허, 진짜 그런 말하는 사람이 내 눈앞에 있다니. 완전 나쁜 사람이네. 그렇게 쉬운 거면 아저씨가 하든가! 집에 가서 손 하나 까딱도 안 하죠? 진짜 편하게 사네, 편하게. 이래서 남자들이란, 쯧. 아저씨 정신 차려요. 그렇게 살다가 나중에 버림받지 말고. 진짜 이혼당한다니까? 지금이라도 잘해요. 우리 엄마랑 아빠는 이혼했어요. 엄마는 친구들이랑 여행도 다니고 맛있는 것도 먹고 운동도 하고 점점 얼굴이 환해지는데, 아빠는 맨날 라면 끓여서 소주 마시지, 컵라면에 소주 마시지, 옷은 후줄근해서 쉰내 나지. 우리 아빠도 아저씨처럼 빨래는 세탁기가 하고 밥은 밥솥이 하고 청소는 청소기가 한다고 말했는데 왜 그 모양으로 사는지 모르겠어요. 아저씨, 이건 진짜 진심으로 하는 소리니까 지금이라도 반성하고 잘하세요. 딴소리하지 말고 이야기나 계속하라고요? 아저씨가 개같은 소리만 안 해도, 아 진짜, 그렇게 손 올릴래요? 허이고, 집에서도 폭력 쓰는 건 아니죠? 그럼 진짜 개쓰레기고.

한숨 쉬면 복 나간대요. 아무튼, 너무 짜증 나고 억울해서 조금 더 누워 있다가 핸드폰으로 시간을 확인했어요. 3시 48분. 50분까지만 더 누워 있자, 했는데 배가 더럽게 아파서 결국 일어났죠. 물 한 잔 마시고 화장실로 갔어요. 변기에 앉아 속옷을 확인하는데 하, 씨발 진짜 생리더라고요. 약속 없는 주말에 생리를 시작해서 다행인지, 피 같은 주말에 진짜 피 보게 생겨서 욕을 해야 하는지 헷갈리더라고요. 한숨을 푹 쉬고 볼일 보고 나왔죠.

방으로 돌아가 생리대를 찾아 서랍을 열었어요. 근데 씨발, 팬티 라이너밖에 없더라고요. 그것도 달랑 하나! ……네? 뭔지 몰라요? 팬티 라이너라고 엄청 작은 거 있어요. 생리할 때 그거 하면 다 흘러넘쳐서 옷이 다 피로 젖을걸요. 아니, 근데 결혼했다는 사람이 팬티 라이너도 몰라요? 생리대 종류는요? 소형, 중형, 대형, 오버나이트 몰라요? 생리대 심부름도 안 해봤어요? 예? 몸 크기대로 소, 중, 대 하는 거 아니냐고요? 이 아저씨 농담도 잘하시네.

아무튼, 그것밖에 없어서 기억을 더듬거려봤죠. 제가 생리를 불규칙적으로 하거든요. 아마 마지막 생리가 두 달 전인가 세 달 전인가…… 아무튼 몇 달 전이에요. 그때 다 쓰고 생리대 산다는 게 돈이 없어서 돈 들어오면 사야겠다 했어요. 그러다가 깜박했고, 이렇게 좆같은 일이 생긴 거죠. 진짜 이래저래 좆같은 생리예요. 진짜 생리하는지 확인하고, 생리대 붙이고, 그리고 다시 자려고 했는데 다 망한 거죠. 인터넷으로 사는 게 훨씬 싸니까 인터넷으로 사자, 근데 곧 엄마한테 갈 거니까 갔다 와서 사자, 계속 미루다가 이렇게 됐죠.

생리대는 없는데 생리는 이미 터졌고 배도 아프고 허리도 아프니까 진통제를 찾아 방 안을 뒤졌어요. 책상 위, 가방, 서랍장, 싱크대 수납장, 욕실…… 아무리 찾아도 없는 거예요. 네, 강도 든 거 아니고 그거 제가 약 찾느라 그렇게 한 거예요. 평소에는 그렇게 안 살아요, 진짜로. 어느 정도 정리는 하고 산다고요. 그렇게 뒤진 덕분에 핫팩 세 개를 찾았죠. 그거 아니었으면 더 큰일 났을지도 몰라요. 외투 주머니에 있나 싶어 옷도 하나하나 뒤지다가 영수증만 발견하고. 마카롱, 커피, 케이크, 연어덮밥, 얼마나 처먹고 다닌 건지. 약은 안 보이고 돈 쓴 것만 나오니까 열받고. 그러다가 진통제를 발견해서 다행이다 하는데! 세상에 약 다 처먹은 빈 갑인 거 있죠. 가방 안에 웬 쓰레기가 그렇게 많은 건지. 약이 없다는 걸 확실하게 깨닫자마자 배가 좆같이 아팠어요. 갑자기 서러워서 눈물이 나올 것 같더라고요. 진통제도 없고 생리대도 없다는 걸 알고 밖으로 나갔죠. 시간이요? 글쎄요, 뭐 4시는 넘었겠죠.

아무리 여름이라고 해도 새벽이라 그런지 춥더라고요. 제가 자고 일어나서 생리인 거 확인하고 방 안 뒤지다 생리대고 진통제고 없으니까 너무 화나서 그냥 입고 있던 그대로 나왔거든요. 반팔에 반바지. 씩씩거리며 걷는데 추우니까 소름 돋고 배는 더 아프고 좆같았어요. 그나마 배에 핫팩 붙였으니까 편의점까지 걸어갔지, 아니면 기어갔을지도 몰라요. 과장이 심하다고요? 아저씨 아내는 생리통 없어요? 없다고요? 복 받으셨네. 뭐, 그럴 수도 있죠. 생리통이 없는 사람도 있고, 너무 심해서 응급실에 실려 가는 사람도 있고 다양해요. 그거 아세요? 생리통이 심장발작이랑 비슷한 고통이래요. 거짓말하지 말라고요? 인터넷으로 봤어요. 진짜, 진짜라니까. 생리통 무시하지 마세요. 저만 해도 좆같은 생리에 좆같은 생리통만 아니었어도 이러지 않았으니까.

후……. 그 시간에 어디를 가려고 나왔냐고요? 아까 말했잖아요. 생리대랑 진통제가 없었다니까! 슈퍼나 약국은 당연히 문 안 열었을 텐데 편의점에 가야죠. 우리나라는 24시간 편의점이 있어서 너무 좋아요. 편의점 없었으면 어쩔 뻔했는지. 새벽에 배고프거나 술 마시고 싶거나 생리대가 다 떨어져도 편의점만 가면 되잖아요! 네? 편의점에서 사람 죽여놓고 개소리하지 말라고요? 아저씨, 제가 죽인 거 아니라니까요? 그거 다 우연과 우연이 겹친 거예요. 실수라고요. 왜 그런지 제 말을 잘 들어보세요. 그 뭐야, 무죄추정의원칙? 판결이 확정되기 전에는 무죄로 본다, 그런 거 있잖아요. 경찰 아저씨가 그렇게 생각하면 안 되죠!

참, 아저씨 지금 몇 시예요? 10시? 저 화장실 갈래요. 제 생리대는 어디 있어요? 여기 잡혀 올 때 생리대 들고 있었잖아요. 그리고 여기 도착하자마자 바로 하나 챙겨서 화장실 갔다가 여기로 왔는데. 그럼 남은 생리대는요? 안 챙겨줬어요? 하…… 여기에 생리대 없어요? 생리대 좀 사다 주세요. 나트라케어 중형. 없으면 다른 지점에 가서 사다 주세요. 올리브영 가면 돼요. 올리브영이 몇 시에 문 열더라? 아저씨 검색 좀 해봐요.

문 열었네! 빨리 좀 사다 줘요. 내가 여기서 더 피를 묻혀야겠어요? 참 진통제도. 이지엔식스 프로랑 타이레놀. 아저씨 메모잘 해요. 나트라케어 중형, 중형이요, 중형. 왜 놀라요? 대형 사야하는 거 아니냐고요? 대형 하고 몇 시간 동안 화장실 못 가게 하려고요? 중형으로 사다 주면 안 돼요? 왜 저를 훑어보세요? ……아, 진짜로 소형 중형 대형이 사람 몸 크기인 줄 알았어요? 나 같은 사람은 대형 써야 할 것 같은데 중형 사달라고 하니까 너무 놀랍죠? 그러니까 그 작디작은 팬티 라이너밖에 없었다고 했을 때그런 표정 지으셨구나, 그랬구나. 아이고, 뭘 또 죄송할 것까지야. 몰라서 그런 건데, 그렇죠? 모르면 배워야 하는데 아저씨가알 바 아니라고 아직까지 몰랐고, 관심도 없었고. 오늘 새로운 지식 하나 알았네! 저한테 감사하세요. 그거 엄청 무식한 거예요. 기분 나쁘세요? 저도 기분 나쁘거든요?

예, 사과받을게요. 저도 죄송해요. 그러니까 올리브영에서 사

오면 돼요. 없으면 다른 지점에서라도 사다 주세요. 그냥 생리대 아무거나 사면 안 되냐고요? 전 다른 생리대 쓰면 더 아파서 안 써요. 지금 생리대도 편의점에서 급하게 산 거라 아프단 말이에요. 꼭 나트라케어로 사다 주세요. 진통제도 이지엔 이브 말고 프로로. 저 지금 엄청 눕고 싶은데 꾹 참고 있거든요? 진짜, 진짜 아파 뒤질 것 같으니까 잠시만 쉴게요. 5분만 엎드려 있어도 되죠? 안 되면 잠시 제가 묵비권 행사한다고 생각하시든가요. 생리대랑 약 올 때까지 엎드려 있을래요. 아, 초콜릿도. 시원한 과일주스도……. 그럼 초콜릿만이라도, 지금, 흑, 아파요, 아프다고요. 스트레스 받으니까 더 아파! 진통제, 엉엉, 지금 진통제 없어요? 타이레놀? 그거라도 주세요. 진짜 아프다고요…….

초콜릿이랑 수박주스 감사해요……. 제가 아까 울어서 당황하셨죠. 네, 저도 제가 그렇게 울지 몰랐어요. 죄송해요. 생리 때는 감정 조절이 잘 안 돼서 갑자기 눈물도 나고 화도 나고 그래요. 어디까지 이야기했죠? 아, 편의점에 간 것. 네, 새벽 4시 넘어서 편의점에 갔어요. 팬티 라이너 하니까 불안하고, 아프니까 얼굴이 창백해지고. 누가 봐도 아픈 사람처럼 보였을 거예요. 언제 생리혈이 왈칵 쏟아져서 속옷이 다 젖을지도 모르고, 바지 밖으로 다 새어나가면 어쩌지? 이런 생각에 엄청 초조했어요. 근데 아프니까 걸음은 느리지, 편의점은 멀게만 느껴지지. 속으로 씨발씨발 욕을 얼마나 했는지 몰라요. 그렇게 편의점에 도착했죠. 남자

아르바이트생이 있더라고요. 아마 새벽이라 무슨 일 생길지도 모르니까 남자를 썼겠죠. 근데요, 그 남자 아르바이트생을 보니까 화가 나더라고요.

그거 아세요? 저 그 편의점에서 아르바이트했었어요. 야간으로. 보통 야간은 남자애들 많이 쓰긴 하는데, 제가 사는 동네는 앞으로는 아파트, 뒤로는 원룸촌이니까 유동 인구도 많고 가로등도 많아요. 그래서 저도 밤에 일할 수 있었어요. 월요일, 수요일, 토요일, 이렇게 일주일에 세 번 일했거든요. 근데요, 저 잘렸어요. 제가 실수한 게 있냐고요? 아뇨. 저는 지각도 한 적 없었고, 연장 근무 해달라고 하면 해주고, 시재금도 잘 맞추고, 청소나 정리 정돈 다 잘했어요. 손님한테도 상냥하고 어서 오세요, 안녕히 가세요, 인사도 잘했어요. 손님이 카드를 좆같이 줘도 카드 받았습니다, 하고 웃으면서 말하고, 제가 손 내밀었는데 현금을 카운터 위에 내팽개치듯 줘도 웃으면서 줍고, 계산 다 했는데 통신사 할인 안 했다고 하면 웃으면서 계산 취소하고 다시 해줬어요. 비닐 봉투 그냥 주면 안 되냐고 계속 조르면 한껏 죄송한 표정을 지으면서 손님 정말 죄송합니다, 법이 바뀌어서 봉툿값 20원을 지불하셔야만 봉투에 담아드릴 수 있어요, 정말 죄송합니다, 그렇게 사과하고. 그깟 20원 때문에 봉투가 얼마나 한다고 안 주냐, 사장 불러와라 진상 짓 해도 죄송합니다, 죄송합니다, 그러고. 동전으로 맞아도 보고 쌍욕 먹고 그래도 화 한 번 안 냈어요. 시간이 시간인 만큼 술에 취한 사람도 많았죠. 어떤 아저씨는 원 플러스 원 하는 상품 사서 저보고 고생한다고 하나 먹으라고 주고 가기도 하고, 어떤 아저씨는 매장에서 토하기도 하고, 어떤 여자는 테이블에 엎드려 자기도 하고 그랬어요. 물론 무서운 손님도 있었죠. 술 처먹고 화를 주체 못 해 들어올 때부터 씨발년 개년 쌍년 온갖 년을 부르는 손님, 눈은 다 풀리고 얼굴은 새빨개서 카운터로 비틀거리며 걸어오는 손님……. 그래도 무슨 일 있으면 경찰 부르면 되니까 괜찮았어요. 파출소가 가까웠거든요. 경찰들도 오며 가며 편의점에 들어오니까 얼굴도 익히고. 내가 여자니까 근처 순찰도 더 잘 돌아주고. 그러니까 괜찮았어요.

근데 근처 편의점에 강도가 든 적도 있고, 원룸에 사는 어떤 여대생은 뒤에서 남자가 쫓아오니까 도망가다 차에 치였대요. 그게 저랑 무슨 상관이 있는지 몰랐는데, 상관있더라고요. 강도든 편의점에서는 별다른 피해 없었대요. 반항 안 하고 돈 달라고 해서 돈 주니까 그냥 갔대요. 얼핏 듣기로는 몇십만 원이었다는데 사람 다치는 것보다는 낫다고, 사장님이 잘했다고, 제가 일할 때도 혹시 강도가 들거든 돈 주라고, 괜찮다고 그랬어요. 여자애 혼자 새벽에 일하기 불안하지 않냐, 불안하면 말하라고 어깨를, 등을, 허리를 다독이면서. 좆같았는데 웃으면서 네, 이랬죠. 왜 참았냐고요? 말하면 뭐 어떻게 할 건데요? 잘리기밖에 더해요? 괜찮다고, 파출소도 가깝고, 쓸데없는 반항도 안 할 거니까 괜찮다고 했죠. 한 군데 더 털렸지만 강도는 잡았으니 다행이었죠. 다친 사람이나 죽은 사람도 없었고. 그렇게 괜찮을 줄 알았어요.

며칠 뒤에 여대생이 결국 죽었어요. 걔…… 제 친구예요. 이름 아세요? 모르시죠? 하루에도 몇 명씩 죽어나가니까. 김하나. 저랑 친한 친구였어요. 여기 원룸촌에 사니까 가끔 새벽에 제가 일하는 편의점까지 와서 수다 떨다 가요. 피곤할 텐데 잠이나 자라고 해도 저 심심할까 봐 자기 집 근처 편의점 안 가고 여기까지 온 거라고, 자기랑 놀아달라고 했어요. 그렇게 좋은 애였어요. 근데 죽었어요. 저랑 수다 떨고 집으로 돌아가다가, 어떤 개새끼가 칼 들고 쫓아오니까. 칼에 찔린 게 아니라요. ……막, 막 도망가다가, 그러다가 차에 치여서, 그렇게 갔어요.

그 개새끼는요, 정말, 정말 개새끼였어요. 이 좆같은 생리보다 더 좆같은 새끼였어요. 처음에는 매너 좋고 친절하고, 그런 줄 알았어요. 하나한테 좋아한다고 고백하고 거절당하니까 포기 못하고 쫓아다니고, 연락하고, 작은 꽃다발을 사서 주고. 하나는 계속 거절했어요. 마음은 고맙지만 괜찮다고. 부담스러우니까 이러지 말라고. 그 새끼가 자기 친구들한테 그랬대요. 열 번 찍어 안 넘어가는 나무 없다. 씨발, 이런 속담은 다 사라져야 해요! 사람은 나무가 아니고, 여자는 퀘스트 보상도 아니에요. 근데 그 새끼는 끈질기게……. 씨발, 나는 존나 하나한테 저렇게 노력하는데 한번 만나보는 게 어떻겠냐 이딴 소리나 하고……. 진짜 너무 후회돼요. 진짜, 내가, 하나랑 제일 친한 친구인 내가, 그런 개소리만, 흑, 개소리만 안 했어도, 하나는 그 새끼 안 만났을 거예요. 한번 만나보고, 만나봤는데도 아닌 건 아니니까 거절했는데. 그 개새끼는 간 본다고, 꽃뱀이라고. 씨발 새끼, 누가 귀걸이니 반지니 사라고 했나? 받지도 않았는데! 자기가 사고 싶어서 사놓고 하나한테 물어내라고, 아니면 자기랑 만나자고 그렇게, 씨발, 배아파…….

진통제 하나만 더 먹을게요. 초콜릿도. 아, 초콜릿은 다 먹었어요? ……죄송해요, 제가 사탕은 안 먹어서요. 아 초콜릿! 감사합니다.

그러더니 강의실 앞까지 찾아왔어요. 하루는 미안해, 내가 잘못했어, 이러면서 빌고. 하루는 김하나 네가 그렇게 잘났어? 네가 뭔데 나한테 이래? 이러면서 화내고. 지나가는 사람들한테 저년은 꽃뱀이에요, 제 돈 쓰게 만들고 안 만나줘요! 소리치고. 그러다가 결국 교수님 귀에도 들어가서 엄청 혼나더니 학교에 안 나오더라고요. 다행이다 싶었죠. 근데 이제 집 앞에 찾아오더래요. 자기 집을 어떻게 알았냐고 물었더니 뒤쫓아 왔대요. 경찰에 신고했더니 와서 둘을 세워놓고 무슨 피해가 있느냐 해서 그 새끼가 계속 연락하고 집까지 쫓아온다고 말했대요. 그랬더니 경찰이 도둑맞은 거 있냐, 아니요, 어디 다쳤냐, 아니요, 무슨 관계냐, 제 애인이에요! 아니에요! 허허허, 둘이 싸웠어? 이런 거로 신고하지 말고 좋게 좋게 해결해. 그러고 갔대요.

하나요, 좋은 친구라서 새벽 아르바이트하는 저한테 온 것도 있지만요. 무서워서 그런 것도 있어요. 원룸에 혼자 있는 게 너무 무서워서. 하루는 다른 친구 집에 가서 자고, 하루는 잠 못 자니까 저한테 와서 같이 수다 떨다가 해 뜨고 사람들 돌아다니면 가고. 그날은 그냥 하나가 조금 더 일찍 간 날이었어요. 그 전날에 사장님이 CCTV를 확인했는지 친구랑 너무 노는 거 아니냐, 넌지시 말해서 하나가 일찍 간 날. 근데 죽었어요. 알겠어요, 경찰 아저씨? 댁들이 애초부터 잘 처리했으면 이런 일 없었을 거예요.

그렇게 친구가 죽으니까, 사장 놈이 저보고 일 그만두래요. 아무래도 안 되겠다고, 세상이 너무 흉흉해서 여자애는 야간으로 안 되겠대요. 그 씨발놈이 개새끼 짓을 한 건데, 제 친구는 죽고 저는 아르바이트에서 잘렸어요. 저 완전 일 잘했는데, 친구가 죽었어도 일했는데. ……산 사람은 살아야 하잖아요. 그 일이 제 생계 수단이었는걸요. 낮에는 수업 듣고, 근로장학생으로 일하고, 밤에는 편의점 아르바이트하고, 비어 있는 시간에는 쪽잠 자고, 그렇게 살아야 버티는걸요.

그 개새끼요? 칼 들고 쫓아왔지만 실제로 찌른 건 아니잖아요. 개새끼가 칼을 휘둘러서 다친 사람? 없어요. 그냥 내 친구 혼자서 도망가다가 차에 치여 죽은 거지. 아무 죄가 없대요. 개소리죠, 개소리. 왈왈, 개소리.

아무튼 저는 그렇게 잘렸어요. 친구 장례식장 자리도 다 못 지키고. 사장님한테 사정을 설명해도 대타할 사람 없으니까 나와야 한다 해서 일했는데, 어느새 새 아르바이트생을 구해서 저를 자르더라고요. 여자인 저를 걱정해서, 세상이 너무 흉흉하니까 아무래도 안 되겠다면서 한껏 미안한 표정을 지으면서요. 참 감사하게도 잘렸네요. 그리고 사장 새끼가 뭐라 한 줄 아세요? 돈 필요하면 다른 일 해보지 않겠냐고 하더라고요. 용돈 챙겨줄 테니까, 자기랑 만나보는 거 어떻게 생각하냐고 웃으면서 물어보더라고요. 너도 어디 가서 다른 사람 만날 처지는 아닌 것 같은데, 차라리 마음 편하게 경제적 여유 있는 자기랑 만나자고 하대요. 사장 새끼 나이요? 사십 대였나, 오십 대였나? 머리카락도 얼마 없는데 양심도 없는 새끼였어요. 딸뻘인 사람한테 개소리나 하고.

솔직히 저요, 그때 좀 혹했어요. 월세도 내야 하고 생활비도 써야 하는데 여기서 잘리면 어떡하지, 모아둔 비상금이 얼마 있더라, 머릿속에서 휙휙 계산 중인데, 한 번 만날 때마다 용돈 주겠대요. 편의점 시급 엄청 짠 거 아시죠? 네? 최저임금이요? 에이, 편의점에서 누가 최저임금으로 챙겨줘요. 그렇죠, 알바몬이니 알바천국 같은 곳에서는 최저임금 준다고 하죠. 그리고 연락 주고받고 면접 보러 가면 그제야 최저임금은 이렇지만, 어떻게 그렇게 다 챙겨주겠냐, 그러면 우리 망한다, 어느 편의점을 가도 다 못 챙겨줄 거다, 잘 생각해봐라, 그래요. 별수 있어요? 그거라도 받고 일해야죠. 매번 돈에 쪼들리는데 사장 놈 말 듣고 어떻게 안 혹해요? 물론 그 후에 바로 정신 차리자, 아무리 힘들어도 이러지 말자, 그리고 사장 놈 얼굴 보고 닥치라고 하고 나왔죠. 그랬더니 사장이 이렇게 말했어요. 그 얼굴, 그 몸뚱이로 감지덕지해야지 어디 버르장머리 없이 바락바락 대드느냐고. 개소리, 왈왈!

참, 이거 신고돼요? 받은 게 없으니까 안 되나? 근데 그 사장 놈 이게 처음이 아닌 것 같단 말이에요. 아르바이트생 중에는 미성년자도 있는데 혹시 모르니까 나중에 조사 좀 해주세요.

아, 이렇게 스트레스 받아서 생리를 건너뛴 건가? 아, 맞다. 편의점 가는 길에 어떤 아저씨를 봤어요. 네, 머리 깨진 아저씨요. 가로등 아래에서 노상 방뇨하는 거 있죠. 아니, 씨발. 술 처먹었으면 곱게 집에 가지 왜 길거리에서 오줌을 싸요? 싸려면 어두운 곳에서, 사람들 잘 안 다니는 데서 싸든가. 직진하면 금방인데 다른 길로 돌아가기에는 뭔가 억울한 거예요. 그래서 빨리 지나가려고 하는데 그 아저씨가 인기척을 느끼고 고개를 돌렸어요. 눈이 마주치니까 히죽, 웃더라고요. 눈을 반짝이면서 히죽거렸어요. 그러면서 나를 똑바로 보고 말했어요. 정말로 내 눈을 똑바로 보면서.

아, 가, 씨, 이, 런, 거, 관, 심, 있, 어?

그 순간 주위를 둘러봤는데 사람이 없었어요. 불 켜진 집도 없고 해는 아직 안 떴고 겁이 났어요. 무슨 일이 생기면 어떡하지? 나도, 나도 하나처럼 죽나? 그때 밀려온 공포는 말도 못 해요.

씨발씨발 하며 후다닥 달려 편의점으로 뛰어갔죠. 왜 편의점이냐고요? 그 시간에 24시간 문 열고 있는 곳이 편의점밖에 더 있어요? 그렇게 열심히 뛴 건 올해 들어 처음이었어요. 그 뒤로 쏴아아 하는 오줌 싸는 소리랑 웃음소리가 들렸어요.

그, 러, 게, 이, 밤, 에, 왜, 싸, 돌, 아, 다, 녀!

저는 뛰어서, 정신없이 뛰어서 편의점에 갈 수밖에 없었어요. 네, 사고가 일어난 편의점이요. 제가 일하다가 잘린 편의점이기도 하고요. 그렇게 잘리고 한 번도 안 갔는데 별수 있나요. 뒤에서 혹시라도 아저씨가 쫓아올까 봐 무서워 죽을 것 같았는데.

아무튼, 편의점에 도착했는데 남자 아르바이트생이 인사도 안하고 핸드폰만 보고 있는 거예요. 난 손님이 오면 그 손님이 고등학생이건 취객이건 관계없이 웃으면서 밝은 목소리로 어서 오세요, 하고 인사했단 말이에요. 그래서 사장님이 제가 참 친절하게 응대해서 좋다고, 손님들이 내 칭찬 많이 한다고 했었거든요. 근데 그 새끼는 손님이 왔는데 쳐다보지도 않았어요. 얼굴이 안 보일 정도로 고개를 숙이고 핸드폰을 하고 있었죠. 그 모습을 보고 다른 편의점으로 갈까 했는데 피가 흐르는 느낌이 드니까 그냥 들어갔어요.

어디에 뭐가 있는지 아니까 바로 생리대 코너로 가려 했어요. 그런데 진열이 이상한 거예요. 누가 한껏 헤집어놨는데 그게 그대로 있더라고요. 이 과자가 저 과자 앞에 끼어 있고 봉지 라면이 컵라면 사이에 있고, 난장판이었죠. 사장 놈은 깔끔하게 해라, 정리 정돈 잘해라 잔소리를 엄청 했어요. 그래서 전 손님이 왔다가 가면 바로 나와서 매장 안을 둘러봐야만 했어요. 맨날 CCTV만 들여다보는지 뭐가 마음에 안 들거나 그러면 바로 연락 오고 그랬어요. 연락 오는 게 짜증 나니까 애초부터 잘하자, 하고 진짜 박박 닦고 정리하고 그랬는데……. 그 새끼는 손님이 왔는데 인사도 안 하더라고요.

엉망진창인 거 보고 짜증 나서 정리해줄까 하다 말았죠. 뭐가 예쁘다고 정리를 해줘요. 생리대 코너 앞에 서서 뭐가 좋을까, 싼 거 살까 투 플러스 원을 살까 돈이 얼마 있더라 나중에 인터넷으로 살 거니까 하나만 살까, 뭐 이런 고민을 하면서 서 있었어요.

딸랑 종소리가 들리더니 어떤 아저씨가 들어오더라고요. 새벽 내내 술을 마신 건지 엄청 취해서 몸도 제대로 못 가눴어요. 숙취 해소 음료를 사러 왔는지 냉장고 쪽으로 비틀거리면서 걸어왔어요. 그러다가 저를 발견하고 말했죠.

어, 아가씨 생리해? 그러다 바닥에 피 흘리겠어!

순간 씨발, 좆같다, 씨발, 씨발씨발 쌍욕을 했어요. 샜구나. 얼마나 샌 거지. 머리가 하얗게 되고 돌아버릴 것 같았어요. 진짜, 진짜 너무너무 창피해서 정신이 나갔다니까요. 아무튼 그 아저씨가 그 소리 하니까 아르바이트생이 네? 하고 엄청 놀랐어요. 허둥지둥 카운터에서 나오는 소리가 들리더라고요. 몸을 진열대에 붙이고 손으로 엉덩이를 가렸어요. 저쪽에는 아저씨가, 이쪽에는 아르바이트생이 있는데 죽고 싶었어요.

아가씨, 도와줘? 옷 벗어줄까?

목소리를 다시 한번 들으니까 알겠더라고요. 그 아저씨였어요. 오줌 싸던 아저씨. 한껏 다정하고 친절하게, 생리혈을 철철 흘리는 불쌍한 아가씨를 돕고 싶어 하는 마음을 담아서 말하더라고요. 양복 재킷을 벗으면서요. 으, 씨발, 오줌 싸고 안 닦은 손이잖아요. 더러워. 아저씨는 오줌 싸고 손 닦죠? 왜 대답이 없어요? 안 닦아요? 아니, 씨발. 왜 오줌을 싸고 손을 안 닦아? 아저씨 고추는 살균 소독한 고추예요? 왜 남자들은 오줌 싸고 손을 안 닦지? 그리고 그 손으로 이것저것 만지고. ……설마 오줌 싸고 안 씻은 손으로 아까 그 초콜릿 만졌어요? 그걸 저한테 준 거예요? 우웩, 웩, 진짜 속 안 좋……, 우웩…….

아저씨, 배고파요. 아저씨는 아침 먹었어요? 생각해보니까 새벽에 깨서 아무것도 안 먹고 지금까지 있었네요. 뭐 좀 먹으면 안 돼요? 한국인은 밥심이잖아요. 게다가 저 생리 중이라 기운 없어요. 어지럽기도 하고요. 그럼 저 국밥이요. 뜨끈뜨끈한 순대국밥. 순대만, 다대기 많이, 국물 많이 달라고 해주세요! 먹는 게 남는 거고, 먹고 죽은 귀신이 때깔도 곱다고 하잖아요. 감사합니다.

아, 배부르다. 양치질하고 싶은데……. 에이, 알았어요. 어디까지 말했죠? 아, 오줌싸개 아저씨. 그 아저씨도 웃긴 아저씨죠. 가로등 불빛 아래에서는 밤늦게 걸어가는 여자한테 공포감을 주더니, 환한 편의점에서는 그 공포감을 줬던 여자를 걱정해줘요. 무슨 차이일까요? 빛의 밝기 차이? 땡. 남자 아르바이트생이 있어서 그래요. 허옇고 삐쩍 마른 멸치 새끼인데도, 남자니까. 전 그 아저씨가 저한테 친절하게 말을 걸었을 때 무슨 생각이 들었냐면요. 내가 만약 여기서 계속 아르바이트를 하고 있었다면? 저렇게 고주망태로 취한 아저씨와 나, 단둘뿐이었다면? 그런 생각이 들었어요. 다행이다, 정말 다행이다. 일 잘려서 너무 다행이다. 엉덩이를 가리고 그렇게 생각했어요.

예, 맞아요. 이게 그 아저씨 옷이에요. 그럼 어떻게 해요. 바지 앞뒤로 다 쌌는데. 옷도 못 갈아입게 하면서 뭐라 하지 마세요. 저도 찝찝하거든요? 지금이라도 옷 갈아입게 해주든가요. 거봐, 말이라도 하지 말든가. 아무튼, 그 아저씨의 재킷을 받아 허리에 감았어요. 되게 웃긴 게 뭔지 알아요? 앞을 가려야 해, 뒤를 가려야 해? 엄청 고민했다는 거예요. 고민하다가 엉덩이를 가렸어요. 앞은 소매로 어찌어찌 가리고. 옷을 받긴 받았는데 이대로 집까지 갈 수도 없고, 가져가고 싶지도 않아서 뭘 사야 하나, 어떤 거로 아래를 가릴 수 있을까 생각했어요.

제가 생리대 나트라케어만 주문했었잖아요. 그런데 편의점은 나트라케어를 안 팔아요. 그래서 제일 싼 거 하나만 살지 투 플러스 원을 살지 머리 터지게 고민했는데, 가까이 다가온 남자 아르바이트생을 보니까 그 새끼더라고요. 그 개새끼요, 하나를 쫓아다녔던 새끼, 결국 죽게 만든 개새끼. 알고 보니까 겉으로는 착한 척 다 해놓고 같은 과 여자애들 품평하고 성희롱하고 그랬대요. 하나 일도 있고 단톡방 일도 있는데 어쩜 그렇게 뻔뻔하게 거기서 일할 수 있는 거죠? 단톡방 일은 아직도 해결 안 된 것 같아요. 전부 다 퇴학당할 줄 알았는데 학교 잘 다니고 있대요. 타 과 사람들도 모두 모여서 항의할 거라는 말은 있더라고요. 자세히는 잘 모르겠어요. 그냥, 잘 모르겠어요. 다 이상해요. 잘못한 새끼들은 멀쩡히 잘 다녀요. 아르바이트도 잘 하고 있잖아요? 아무 잘못 없는 나는 잘렸는데, 성희롱한 그 개새끼는 내가 했던 아르바이트를 이어서 하고 있었어요. 내가, 하던, 그 일을.

화가 치밀어 올랐는데 피가 다 새서 허리에는 모르는 아저씨, 아까 오줌 싼 아저씨 옷을 두르고 있고, 한 손은 앞을 가리고 있고, 다른 손으로는 생리대를 들고 있는 나를 생각하니까 돌아버리겠더라고요. 이런 꼴을 보이다니 너무 수치스럽고 부끄럽고…… 죽어버리고 싶었어요. 쥐구멍이라도 있으면 숨고 싶었고 지나가는 차가 있으면 뛰어들고 싶었어요. 접시 물에 코 박고 싶었고 다리 아래로 뛰어내리고 싶었고 칼이 있으면 나를 찔러버리고 싶었어요. 그러다가 깨달았죠. 내가 아니라 저 새끼를 찌르면 되잖아? 정말, 어떤 계시라도 내려온 것처럼 시끄럽던 머릿속이 고요해졌어요.

저는 침착하게 양복 재킷이 흘러내리지 않도록 단단히 묶었어요. 그 새끼가 허옇고 삐쩍 마른 멸치 새끼라고 했죠? 맞아요. 저처럼 생리대 대형 쓸 것 같은 여자한테는 한주먹 거리도 안 되는 새끼였어요. 어떻게 했냐고요? 그냥 지나가다가 부딪쳤어요. 내 몸으로 그냥, 가볍게 툭. 정말 툭, 밀었어요. 길거리 지나가다가 어깨빵 하는 것처럼 그렇게 툭이요. 그런데 누가 그렇게 힘없이 뒤로 밀려날 줄 알았겠어요? 제가 비록 그 새끼를 칼로 찔러 죽이고 싶었어도 저에겐 칼이 없었잖아요? 그래서 그냥 카운터 가는 길을 막고 있으니까 지나가려고 했죠. 제 몸이 커서 부딪친 것뿐이에요. 정말이에요. 근데 누가 그렇게 밀릴 줄 알았나. 그 새끼는 힘없이 밀리더니 넘어졌어요. 진열대가 휘청거리더라고요. 너무 놀라서 진열대를 아니, 그 새끼를, 진열대를? 흠, 뭔가 잡으려고 했는데 제 몸도 휘청거렸어요. 순간 현기증이 일어났나 봐요. 현기증이요, 현기증. 제가 몸무게는 꽤 나가도 엄청 건강한 건 아니거든요? 그리고 생리 중이라 피가 빠져나가는 중이 잖아요. 그래서 현기증이 나서 어지러웠어요. 저도 넘어졌거든요. 근데 운 나쁘게 제 밑에 그 새끼가 있었던 거죠. 더 운이 나쁜 건 그 진열대에는 술도 있었고, 그 술이 유리병에 담겨 있었다는 거겠죠? 정말 정말 운이 나쁘게 술병이 깨지고, 그 새끼가 그 위로 살짝 넘어지고 저도 넘어진 거죠. 진짜예요. 다 조사해보면 알걸, 아니 CCTV만 봐도 알 수 있는 건데 제가 왜 거짓말을 하겠어요.

예? CCTV가 고장 났다고요? 이상하다? 누가 그래요? 사장이 그랬다고요? 언제부터요? ……몇 달 됐다고요? 그럼 사장 새끼는 어떻게 알…… . 하, 씨발, 씨발씨발! 어쩐지 뭔가 이상하다 했어. 카운터 아래쪽에 웬 텀블러가 있나 했지. 씨발 새끼, 도촬한 거야? 어? 와, 화장실 구멍을 막고 막아도 새로운 구멍이 생기고, 가운데가 반짝이는 나사를 뾰족한 걸로 찍고 실리콘을 쐈는데도 뭔가 이상하더니. 개새끼, 씨발 새끼! 좆같아 씨발. 이거 신고돼요? 사장 새끼가 아무래도 편의점이랑 화장실에 몰카를 설치한 것 같아요. 이거 불법이잖아요. 맞죠? 불법 촬영하면 벌금 물거나 잡혀간다면서요. 사장 새끼 신고할게요. 아, 씨발놈. 개좆같은 새끼. 진짜 꼭 수사해주세요. 이건 저만 아니라 그 상가 1층에 있는 모든 사람이 피해자라고요. 여자 남자 전부 다!

편의점은 상가 공용 화장실을 써요. 그것도 남녀 공용이에요. 번호 키는 있죠. 개나 소나 다 열고 들어와서 그렇지. 씨발, 화장실에 불 켜져 있는 거 보면 노크할 생각이 안 들어요? 아저씨는 어때요? 아저씨도 노크 안 해요? 아, 여긴 남자들밖에 없어서 상관없다고요. 남자들은 서로 고추 보면서 오줌 싸지, 참. 남자들끼리는 그렇다고 치고. 아니, 안에 있는 사람이 여자인지 남자인지도 모르면서 불쑥불쑥 왜 들어와요? 화장실은 더럽고, 어떤 새끼가 갑자기 들어올지도 모르고. 진짜 화장실 가고 싶어도 꾹 참았어요. 목말라도 물 안 마시고 피곤해도 커피 안 마시고. 그냥 악으로 버티고. 그래도 가고 싶으면, 혹은 배탈이 나면 씨발씨발 욕하면서 가고 그랬죠. 아저씨는 이런 거 모르죠? 생각도 안 해봤잖아요.

생리를 하면 화장실에 꼭 가야 해요. 아저씨, 모르면 가만히 있어요. 이상한 추임새 넣지 말고! 아휴 진짜 화장실을 왜 가냐니, 생리대 갈러 가죠! 생리할 때는 두세 시간마다 화장실에 가야 해요. 되도록 3시간을 넘기지 않으려고 계속 핸드폰으로 시간 체크해요. 혹시 새지는 않았을까 냉장 매대 옆쪽에 한 뼘 정도 크기의 거울 앞에서 뒤를 이리저리 살펴보고 그랬어요. 생리대를 갈러 가야 하는데 손님이 들어오면 속으로 손님이 빨리 가면 좋겠다고 얼마나 바랐는지 몰라요. 평소에는 손님이 얼마나 오래 있든 상관 안 했어요. 저는 상냥하고 친절하니까요. 그런데 그때만 되면 빨리 고르고 꺼지라고 빌고, 도시락이나 컵라면 같은 거 고르면 여기서 먹지 말고 집에 가서 처먹으라고 빌고, 이 밤중에 왜 처 기어 나오냐고 꺼지라고 빌고. 그러다가 울고. 정말 내가 미친 건 아닐까 싶을 정도로 돌아버려요.

그렇게 돌아버린 상태에서 생리대를 교체하러 화장실에 가요. 그러면서 몰카가 있으면 어쩌지, 이미 다 찍혔을 거야, 찍어라 씨발, 뭐, 어쩌라고. 그런 생각을 하면서도 벽을 둘러보고 휴지통 변기통도 들여다봐요. 생리대를 버릴 때도 누가 주워 가면 어쩌지? 설마, 아니야, 혹시, 에이, 하면서 꽁꽁 싸매요. 근데 씨발, 진짜 생리대를 주워 가진 않았겠죠? 혹시 이럴 때 처벌할 수 있어요? 아, 예, 예, 그렇지요. 제가 피해본 건 없죠. 네, 제가 대한민국에서 여자로 태어나 배때기가 불렀네요. 근데 진짜 정신적 피해 보상도 안 돼요? 아, 예……

그다음에 어떻게 된 거냐고요? 병이 깨지고 그 새끼가 넘어지고 나도 넘어지고. 제가 어지러워서 그 새끼 위에서 허우적거리다가 겨우 일어났거든요. 근데 보니까 하얀색 바닥에 빨간 액체가 흐르는 거예요. 저는 나한테서 저만큼의 피가 흘러나온 건가 싶었어요. 헛소리 말라고요? 진짜예요. 아니, 내가 그런 생각이 들었다는데 헛소리는 무슨 헛소리예요. 저 입 다물어요? 초콜릿……. 아저씨, 손 닦았죠? 진짜죠? 네, 잘, 잘 먹을게요. 웩. 아니, 그냥 속이 안 좋아서요. 에이, 먹을 거예요. 초콜릿은 죄가 없잖아요. 맛있다. 한 개 더 주세요. 감사합니다.

음, 빨간색이 점점 커져서 내 피는 아니구나, 그럼 이게 뭐지? 와인인가? 했어요. 술병이 깨졌다고 했잖아요. 그런데 와인이라고 하기에는 너무 진해서 와인도 아닌데, 이게 뭐지, 하고 만져보니까 이상한 거예요. 그제야 피인 걸 알았죠. 옆을 보니까 아저씨가 놀라서 눈을 크게 뜬 채로 나를 보고, 그 새끼를 보고, 나를 보고, 그 새끼를 보고, 또 나를 보다가 으헙! 하고 이상한 소리를 냈어요. 아저씨한테 도움을 청하려고 비틀거리면서 일어났더니 아저씨는 나보다 더 비틀거리던데요? 눈앞에서 사람이 죽어가는 걸 보고도 술이 안 깬 걸 보면 술을 얼마나 마신 건지, 쯧쯧.

아무튼 아저씨가 비틀거렸어요. 비틀비틀 뒷걸음질했죠. 아저씨도 넘어질까 봐 내가 서둘러 달려갔어요. 달려갔다고 해봤자 몇 발자국이지만, 아저씨한테 달려갔죠. 그런데 아저씨는 내가 그 새끼를 죽인 것처럼 소리를 꽥! 지르더니 다리에 힘이 풀렸는지 뒤로 넘어지려고 했어요. 그런데 나도 아직 현기증이 사라지지 않아서 어지럽지 뭐예요. 다리에 힘이 풀리면서 아저씨한테 몸이 기울어졌어요. 아저씨는 냉장고 쪽으로 넘어졌어요. 캔 음료나 맥주를 진열한 냉장고요. 그 아저씨 머리가 그렇게 말랑할 줄 누가 알았겠어요. 유리문에 빡 부딪치더니 머리통이 팍 깨질 줄이야. 정말 상상도 못 했어요. 아저씨 두 눈알이 뒤로 돌아갔어요. 그러고는 슬로모션처럼 몸이 서서히 바닥으로 내려오면서 유리문에 묻은 핏자국도 점점 내려오더라고요. 마치 아저씨 머리통이 붓이 되어서 빨간 물감을 칠하는 것 같았어요.

저는 너무 놀라고 너무 당황스러워서 아저씨한테 일어나보라고, 괜찮냐고 뺨을 때리고, 혹시라도 인공호흡이 필요한가 싶어 숨도 불어 넣고, 가슴압박도 하고, 그러다가 개새끼도 피 흘린 게 생각나서 그 새끼 뺨도 때리고, 가슴압박 하고 그랬어요. 네? 뺨에 멍이 들었다고요? 제가 너무 놀라서 힘 조절을 못 했나 봐요. 아, 갈비뼈도 부러졌다고요? 세상에, 제가 그렇게 세게 눌렀나요? 무게를 실어서 하긴 했어요. TV에서 의사나 안전 요원이 사람 위에 올라타서 숨을 불어 넣고 가슴을 굉장히 세게 누르잖아요. 그래서 갈비뼈가 나가는 경우도 있다고 본 적 있어요. 그걸 생각하니까 아, 생각보다 강하게 눌러야 하는구나, 하고 최선을 다해 눌렀어요. 살리고 싶었거든요. 너무 무서웠어요. 이렇게 죽으면 어떻게 하지? 나는 어떻게 되는 거지? 내 눈앞에서 두 명이나, 안 돼, 이럴 순 없어, 하나라면, 똑 부러지는 하나라면 이럴 때 침착했을 텐데. 나는 돼지같이 살만 쪄서 친절하고 상냥하게 웃으며 손님 응대나 할 줄 알지. 둔하고 굼떠서 내 몸 하나 제대로 간수 못 하고 이게 뭐야, 뭐야, 뭐야! 신이시여, 제발 도와주세요. 하느님 하나님 부처님 알라여 조상님 산신령님 제발, 제발, 누구든 도와주세요, 살려주세요, 그렇게 빌고 또 빌면서 최선을 다했다고요.

왜 그렇게 간절히 빌었냐고요? 아저씨는 눈앞에서 사람이 죽어가는데 손 놓고 있을 거예요? 경찰이면서 어떻게 그런 질문을 할 수 있어요? 아니, 이건 경찰이 아니더라도 사람이라면 그런 말하면 안 되죠. 눈앞에서 사람이 피 흘리면서 죽어가고 있잖아요. 뭐든 해야 하는 거 아니에요?

네, 정말 저는 뭐든 하고 싶었어요. 찬물을 끼얹으면 정신을 차릴까 해서 물을 뿌려보기도 했어요. 아, 물이 아니라 콜라라고요? 제가 정신이 없어서 뭐가 뭔지 모르고 잡히는 대로 뿌려서 그런가 봐요.

이제 끝. 이렇게 된 거예요. 우연과 우연이 겹친 불행한 사고. 도대체 뭐가 문제였을까요? 새벽에 아파서 깼더라도 그냥 잤으면 이런 일은 없었겠죠? 생리대를 미리 사놨어도 그랬을 거예요. 아니면 생리대를 사러 나가더라도 거기가 아니라 다른 편의점에 갔다라면, 내 몸에 밀리지 않는 좀 더 건강하고 튼튼한 아르바이트생이 있는 곳에 갔으면 좋았을걸. 오줌싸개 아저씨가 아무리 무서워도 다른 편의점으로 갈걸. 빨리 계산대로 가고 싶어도 비켜달라고 말할걸. 창피해서 죽고 싶었어도 친절하고 상냥하게 부탁할걸. 친절하고, 상냥하게. 나에겐 그것밖에 없으니까.

그런데…… 정말 제 잘못인 걸까요? 다 제 탓이에요? 그 새끼들에게도 잘못이 있지 않을까요?

그 아저씨는 술을 처마셨으면 곱게 집에 가야지 왜 길거리에서 오줌을 싸고 있었을까요? 애초에 술을 안 마시고 바로 집에 갔으면 이런 일은 없었을 거잖아요. 아니면 거기에서 오줌을 싸는 게 아니라 집에 얼른 가거나, 놀이터에 있는 공중화장실로 가면 됐어요. 그래요, 거기까지 못 갈 정도로 너무너무 급하다고 쳐요. 하다못해 새벽에 길거리를 지나가는 사람에게 겁을 주면 안 됐어요. 공포심을 느낀 사람이 현기증을 느끼고 비틀거리다가 넘어지는 사고가 일어났잖아요.

개새끼도 거기서 일하지 말았어야죠. 여기가 같은 학교 학생들이 주로 사는 원룸촌인데, 어쩜 그렇게 뻔뻔하게 이 편의점에서 아르바이트를 할 수 있는 거죠? 그것도 하나 친구인 내가 일했던 이 편의점에? 하나가 자주 다녔던 편의점이니까, 구인 공고가 났으니까 얼씨구나 하고 지원한 걸까요? 그리고 삐쩍 마른 멸치라도 남자니까 제 자리를 차지한 걸까요? 너무, 너무 뻔뻔해요. 그러니까 자기들끼리 단톡방을 만들어서 그딴 개소리를 한 거겠죠. 가슴이 어떻다느니, 의젖이니, 성괴니, 김치녀개념녀된장녀김여사골뱅이먹고버려자빠뜨려돼지뚱뚱이얼굴갈아버리고싶어너무말라서발로차면부러질것같아개년이번에몰래촬영했어너도볼래공유공유비밀이야이거범죄아냐괜찮아그럼모든남자가잡혀가게?ㅋㅋㅋ

아저씨, 저런 말을 하는 사람들이 잡혀가지 않아서, 아무 문제 없이 잘 다니니까, 그런 말을 하고, 여자의 집까지 쫓아가고, 결국 죽이고, 그러나 잘못은 없고.

잘못이요? 맞아요. 개새끼는 잘못했어요. 아저씨가 듣기에도 그 밤중에 여자애 뒤를 칼 들고 쫓아갔는데 잘못했다는 생각 들죠? 개새끼 씨발 새끼 같죠? 근데요, 그 새끼가 뭐라고 했냐면요. 앞에 가던 하나가 자신을 보고 도망가니까 뒤따라간 거지 쫓아간 게 아니래요. 손에 칼이요? 너무, 너무 우울하고 괴로워서 뭐든 잡히는 대로 잡았는데 그게 칼이었을 뿐 다른 의도는 없었대요. 하나를 직접 찌른 것도 아니고, 하나가 예민하게 반응해서 도망가다가 차에 치인 거니까 자기도 놀랐대요. 그날을 생각하면 너무 충격적이라서 숨이 잘 안 쉬어진대요. 어이없죠? 저도 어이없어요.

그렇죠. 그거랑 이거랑은 관계없죠. 음……, 그 새끼는 왜 그렇게 몸이 연약해요? 너무 말랐어. 어떻게 그냥 툭 치고 지나가려는데 넘어지냐고요. 왜 저를 이상한 사람으로 만든 걸까요? 왜 저를 이렇게 고생시키냐고요. 사람이 지나가려고 발걸음을 옮겼으면 비켜야지 왜, 그 자리에 서 있냐고요. 편의점 아르바이트생으로서 자세가 안 된 거예요. 그런 새끼들은 편의점뿐만 아니라 어디를 가더라도 금방 잘릴 거예요. 배려심도 없고 친절함도 없고. 사장님은 왜 그렇게 비리비리한 새끼를 쓰는 건지. 내가 여자라 걱정돼서 잘랐으면 키도 크고 어깨도 넓은 건장한 남자가 일해야지, 왜 멸치 새끼가 일해서 나를 곤란하게 하는 건지. 내가 더 튼튼한데. 그렇지 않아요?

참, 그…… 두 사람 정말 죽었어요? 그럼 저는 어떻게 되는 거예요? 이거 과실치사 아니에요? 고의도 아니었고, 그냥, 그냥 다

사고였잖아요. 사장 새끼, 아니 사장님한테는 죄송하네요. 아, 씨발, 배 아파. 화장실 좀 갔다 와도 돼요? 씨발, 맞다. 사장 새끼가 도촬했다니까요? 이걸로 어떻게 안 돼요?

그런데 저 생리 중이에요. 호르몬 폭발. 왜 뉴스 기사 보면 우울증으로 인한 심신미약, 술 마셔서 심신미약 되잖아요. 생리로 인한 심신미약은 인정 안 돼요? 왜요? 지금은 자살 충동이 들어서 저를 칼로 찔러 죽이고 싶어요. 저는 죽고 싶지 않은데 자꾸만, 자꾸만 죽고 싶어져요. 이거, 심신미약 아니에요?

마법소녀, 투쟁!

"우리는 단물이 빠지면 뱉는 씹던 껌이 아니다!"

"아니다!"

"정부는 마법소녀들에게 제대로 된 보상을 지급하라!"

"지급하라!"

"마법소녀들이 새로운 직업을 가질 수 있도록 지원하라!"

"지원하라!"

십 대부터 사십 대까지 다양한 연령대의 여자들이 모여 함께 목소리를 내고 있었다. 주변에는 우리와 뜻을 같이하는 사람들도 함께였다. 나는 제일 앞에 서서 마법소녀 관리청 건물을 노려보았다. 창문 너머로 머리카락이 하얗게 센 남자, 머리카락을 검게 염색한 나이 든 남자, 젊은 남자들이 이쪽을 내려다보고 있었다. 정문에는 단단히 무장한 경찰들이 서 있었다. 우리가 공격할까 무섭기라도 한지 잔뜩 겁에 질린 표정이었다. 우리는 경찰들을 신경 쓰지도 않았다. 어차피 마법 한 방이면 해결될 일이었다. 그러나 우리는 지성인이기 때문에 아주 얌전히, 가만히 서서 한목소리로 외칠 뿐이었다.

"마법소녀, 투쟁!"

"마법소녀, 투쟁!"

어느 날 지구에 괴물이 나타났다. 다른 차원에서 온 것들인지 우주에서 날아온 것들인지는 알 수 없었다. 괴물들은 그림자처럼 어둡고 흐릿한 형상이었다. 깜깜한 밤이나 그림자에 숨으면 아무도 찾지 못했다. 어둠 속에서 갑자기 튀어나오는 괴물은 재앙이었다. 사람들이 수십 명, 수천 명……. 셀 수 없이 죽어갔다.

그림자 괴물이니까 그림자를 없애면 되지 않을까? 누군가가 낸 의견에 24시간 내내 사방을 밝혔으나, 사람이 움직이는 한 그림자는 사라지지 않았다. 그림자에서 그림자로 이동하는 괴물이라, 사람 아래 생겨난 그림자에서 튀어나와 공격하니 죽을 확률만 올라갈 뿐이었다. 아이러니하게도 어둠 속에 숨어야 괴물로부터 도망갈 수 있었다. 그렇게 인류는 점점 빛을, 희망을 잃어갔다. 우리는 결국 다 죽을 거야. 절망이 사람들을 천천히 죽음으로 내몰 때였다.

괴물이 갑자기 나타났을 때처럼 마법소녀도 갑자기 등장했다. 작고 가녀린 체구, 호수처럼 맑고 커다란 눈망울, 늘 웃고 있는 것처럼 입꼬리가 살짝 올라간 붉은 입술, 잡티 하나 없이 맑고 투명한 피부, 얽힌 곳 하나 없이 허벅지까지 내려오는 찰랑거리는 머리카락. 걷다가 걸리는 것도 없는데 발을 헛디딜 것처럼 연약하게 생긴 소녀가 망설임 없이 그림자 괴물 앞에 나섰을 때, 사람들은 놀랄 수밖에 없었다. 구해야 하지 않느냐고 발을 동동 구르는 사람이 있을 정도였다.

마법소녀는 아기별이 탄생할 때 뿜어내는 생명의 기운이 담긴 마법 봉을 휘둘러 그림자 속에 빛을 만들어냈고, 치열한 전투 끝에 괴물을 물리쳤다. 그림자는 빛을 이길 수 없기에 괴물은 형체 하나 남지 않고 사라졌다. 마법소녀의 마법 봉에서 흘러나오는 다정한 빛이 겁에 질린 사람들을 다독였다.

사람들은 마법소녀에 열광했다. 툭 치면 부러질 것 같은 팔다리로 뛰어다니고 유치한 장식이 달린 마법 봉을 휘두르는 모습에 반하고야 말았다. 가까이 다가가고 싶었으나 신비로운 분위기에 취해 두 손을 모아 마법소녀에게 기원했다.

"앞으로도 저희를 지켜주세요!"

"다른 곳에서도 그림자 괴물이 나타났어요. 전 그곳에 가야 해요."

"여기 또 나타나면요? 제발 가지 마세요!"

"저 혼자 모든 사람을 구할 수는 없어요. 앞으로 새로운 마법소녀가 나타날 거예요."

마법소녀가 빛 속으로 사라지고 사람들이 절망과 분노에 휩싸

이려고 할 때, 교복을 입은 소녀가 허공으로 천천히 떠올랐다. 갑자기 빛나는 나비들이 나타나 소녀 주변을 빙글빙글 돌았다. 사람들은 소녀가 변신하는 신비로운 광경을 지켜보았다. 어떤 사람들은 나비들 사이로 무언가 보이지 않을까 미간을 찌푸렸지만, 다행히 빛무리들이 소녀를 안전하게 지켜주었다. 곧이어 나비들이 사라지자 활동하기 좋은 전투복을 입은 소녀가 나타났다. 손에는 붉은 보석이 박힌 샤프가 쥐여 있었다.

바야흐로 마법소녀의 탄생이었다.

사람들에게 선망의 대상이 되었던 마법소녀는 시간이 지나자 정부의 관리 대상이 되었다. 누가 마법소녀로 각성할지도 모르고 어떤 능력을 가지고 있을지도 모르지만, 예비 마법소녀라는 이름 아래 어릴 때부터 각종 체력 단련을 비롯해 유연성, 민첩성을 기르는 무술을 가르쳤다. 학교에서 배울 수 있는 국어, 영어, 수학 같은 건 배우지 못했다. 마법소녀가 잘 싸울수록 사람들의 생존율이 올라갔기 때문이다. 각성한 마법소녀의 수는 한정되어 있고, 마법소녀의 체력이 좋을수록 더 많은 전투에 파견 나갈 수 있었기에 육체 능력을 단련시키기 바빴다.

TV에서는 마법소녀가 그림자 괴물과 싸우는 영상이 나왔다. 가녀린 몸으로 통통 튀어 가볍게 공격을 피하거나 몸을 부드럽게 돌리는 게 마치 춤을 추는 것처럼 보였다. 마법 아이템이 된 블루투스마이크로 노래를 부르자 빛의 음표들이 그림자 괴물을 휘감고, 쌍절곤을 휘두르자 초승달 같은 빛의 칼날이 괴물을 공격했다. 이밖에도 마법소녀들이 각자의 마법 아이템을 이용하면 나비, 딸기, 진저맨 쿠키 등 귀엽거나 사랑스러운 모양의 빛이 흩날리며 그림자 괴물을 무찔렀다. 그림자 괴물을 피해 도망치던 사람들은 마법소녀에게 살려줘서 고맙다고, 역시 마법소녀라며 환호하고 열광했다.

소녀들은 그런 영상을 보며 마법소녀를 동경하고 마법소녀가 되는 걸 꿈꿨다. 활, 검, 마법 봉, 바이올린, 만년필, 부채, 립스틱, 목걸이, 빨간 구두, 머리핀 등 모든 것이 마법 도구가 될 수 있었다. 소녀들은 마법 도구가 되길 바라는 물건을 옆에 낀 채 힘든 훈련을 계속했다.

마법소녀가 되는 걸 바라지 않는 소녀들도 훈련을 할 수밖에 없었다. 마법소녀는 원한다고 될 수 있는 게 아니고, 싫다고 피할 수 있는 것도 아니었다. 그저 운명처럼 한순간에 마법소녀로 각성한다면, 싸워야만 했다.

내 나이 스물두 살. 스물세 살이 되면 마법소녀에서 은퇴해야 했다. 나는 마법소녀가 아니라 빵집 사장이 되고 싶었다. 따뜻하고 맛있는 빵을 만들고, 내가 만든 빵을 먹고 감탄하는 사람들을 보며 행복해지고 싶었다. 그러나 이건 정말 헛된 꿈이었다. 은퇴한 마법소녀는 원하지 않아도 남자와 결혼해 아이를 낳고 아이와 가정에 헌신해야만 했다. 그런 건 없다고 공표했지만, 정부에서 제시한 레일을 벗어나면 가족에게 불이익이 있을 게 뻔했다.

엄마는 그림자 괴물과 전투를 하다 크게 다쳐 열아홉 살이라는, 지금의 나보다 어린 나이에 은퇴를 했다. 그리고 바로 정부에서 내민 목록에 적힌 사람들 중 한 명을 선택해 결혼하고 나를 낳았다. 디자이너가 되고 싶었던 엄마는 마법소녀로 각성하고 절망했다. 마법소녀는 원하는 직업을 가질 수 없었다. 특히 딸을 낳은 마법소녀는 아예 직업 자체를 가질 수 없었다. 바깥일을 하다가 예비 마법소녀에게 소홀해져 그 아이가 삐뚤게 자라면 안 된다는 압박 속에서 아이를 돌봐야 했다.

그래서 엄마는 집에서 내 옷을 만들고 또 만들었다. 자식을 위한 헌신이라는 탈을 쓴 채 엄마의 열망을 풀어나가려 했으나 허전함은 채워지지 않았다. 태어난 게 딸이 아니라 아들이었으면, 하고 나를 원망하다가 너는 엄마처럼 되면 안 되는데, 마법소녀가 되면 안 되는데, 하고 나를 붙잡고 울다가 마법소녀로 각성해서 엄마를 이해해줘야 한다고 다정하게 웃다가 마법 아이템인 바늘만 남기고 빛이 되어 사라졌다.

나는 엄마가 빛이 되어 사라진 순간 각성했다. 엄마가 마법소녀로 각성한 나를 보면 울었을까, 웃었을까. 아직도 모르겠다.

예전에는 성별과 관계없이 학교를 다녔다는데 지금은 남자아이만 학교를 다닐 수 있다. 여자아이도 남자아이와 똑같이 초등학교를 다닌 후 열네 살부터 훈련을 시작했으나 너무 짧은 시간이라는 반발이 많아서 지금은 학교라는 이름의 훈련소에서 아주

어릴 때부터 몸을 찢고 무거운 걸 들고 뛰어야 했다. 그러면서도 근육이 올록볼록한 몸이 아니라 매끄럽고 가녀린 선을 유지해야 했기에 먹는 것도 조절했다. 근육질의 마법소녀는 있을 수 없는 일이었으므로.

힘들어서 픽픽 쓰러지는 아이들도 있었지만, 일어나서 다시 훈련해야 했다. 마법소녀는 무적이 아니었다. 싸우다가 죽는 경우도 많았기 때문에 부모들은 자식을 살리기 위해서라도 힘들어 죽을 것 같다는 아이들의 등을 떠밀어야 했다.

소녀들이 사람들을 지키기 위해서 훈련을 할 때 소년들은 공부를 했다. 누군가는 배우고 익혀 나라를 지탱해야 했으니 당연한 일이었다. 시간이 지나자 관리자는 남자들뿐이었다. 마법소녀로 각성한 아이들이 자라 은퇴하는 스물세 살이 되면 정부의 주선으로 높은 관리자에게 팔리듯이 결혼을 했다.

열아홉 살까지 마법소녀로 각성하지 못한 소녀들은 스무 살이 되면 예비 마법소녀를 낳기 위해 결혼을 했다. 스무 살 이후에 각성을 해도 소용없었다. 결혼하고 아이를 낳은 여성은 마법소녀일 수 없었다. 결혼을 거부한 사람들은 정부에서 낙인을 찍었기에 전투로 무너진 건물 잔해 청소, 그림자 괴물 대비 순찰, 예비 마법소녀의 스파링 상대 등 힘든 단순노동을 할 수밖에 없었다.

세계가 여자들의 돌봄과 노동으로 돌아가고 있었다. 남자들은 자신들이 기본 시스템을 유지하기 위해 노력했기 때문이라며 콧대를 세우겠지만.

어느 구역에서 그림자 괴물이 많이 나오는지, 그림자 괴물을 생포할 수는 없는지, 마법소녀의 힘을 에너지화 혹은 물질화할 수는 없는지, 출동 방식은 어떻게 해야 하는지, 마법소녀의 힘을 측정해 레벨을 나눌 수 있는지, 마법의 힘을 강화할 수는 없는지 등. 머리를 맞대고 회의하고 연구하고 있으니 마법소녀는 괴물이나 상대하라며 멸시하는 눈으로 부탁하듯 말했다.

순진하고 순결할수록 마법소녀로 각성할 가능성이 높다고 믿는 사람들 속에서 자란 소녀들은 구해달라 부탁하는 말을 들으면 고개를 끄덕이고, 그림자 괴물과 싸우고, 사람들을 구하고, 나라에서 소개해준 사람과 결혼하고, 자식을 낳고, 딸을 낳으면 훈련을 시켰다. 이 과정에서 죽는 소녀들은 숭고한 희생을 했다며 국립마법소녀묘지에 안치되었다.

과도한 훈련으로 에너지를 소모한 탓인지 여성들의 수명은 짧았다. 오래 살아도 쉰을 넘기지 못하고 죽었다. 스물세 살에 마법소녀에서 은퇴하자마자 바로 결혼을 하고 스물네 살에 아이를 낳아 아이가 다 자라기도 전에 죽는 경우가 많았다. 사람들은 마법소녀들이 위험한 전투를 하는 데다가 수명마저 짧으니 결혼을 해 안정감을 가지고 자신의 피를 이은 아이를 낳고 싶어 할 거라 생각했다.

그건 아빠도 마찬가지였다. 엄마를 사랑했고 지금도 사랑하는 우리 아빠는 은퇴를 앞둔 나를 위해 본인이 생각하는 좋은 남자를 소개해주려 했다.

"유리야, 이놈은 어떠니. 마법소녀 연구소에서 일하니까 월급이 많아. 부모를 모두 여의어서 아내의 부모를 모시며 살 의향도 있다는구나. 2층을 네 신혼집으로 하고 한집에서 같이 살면 좋지 않겠어?"

"별로야."

"아, 아빠랑 같이 살기 싫은 건 아니지? 이놈이 별로인 거지? 그러면 이놈은 어때? 얘는 믿음직스럽게 생기진 않았지만…….원래 마법소녀를 좋아해서 마법소녀 관련 물품을 수집한다고 했어. 너에게 아주 다정할 거야. 살다 보면 정이 들지 않겠어?"

"더 별로."

"역시 귀엽게 생긴 것보다는 아빠처럼 키 크고 잘생긴 게 좋지? 이놈은 마법소녀 관리청에서 일하는 놈인데, 사진보다 실물이 나아. 성격은 조금 무뚝뚝한데 자기 일 잘하고 성실해. 담배도 안 피우고 회식 때 보면 술도 잘 안 마시더라고. 여기, 사진."

사진 속의 남자는 확실히 잘생겼다. 남편이 어떤 사람이면 좋을까 생각한 적도 있었다. 엄마는 때때로 불행해 보였고 대부분 현실에 사는 사람 같지 않았지만, 아빠랑 있을 때면 땅에 발이 닿아 있는 사람 같았다. 어쩌면 엄마와 아빠처럼 서로를 의지하고 사랑하며 살 수도 있겠지. 그러나 나는 내 삶을 살고 싶었다. 이게 내 의지인지, 엄마의 의지인지는 모르겠지만 말이다.

"아빠, 전에는 이런 남자가 얼굴값을 해서 안 된다며."

"아니야. 내가 지켜봤는데 얘는 달라. 아주 듬직해. 진상들 오면 아주 똑바르게 처리하는데, 캬! 자기 사람한테 아주 잘할 놈이야."

"그렇게 좋으면 아빠가 데리고 살아."

"유리야! 조금 있으면 너도 스물셋이야. 결혼하지 않으면 사망 위험이 높은 일을 해야 하잖니."

아빠는 정말 좋은 아빠였다. 오로지 내 안전만 생각했을 뿐, 결혼하지 않으면 아빠의 자리가 불안하다고 말한 적이 단 한 번도 없었다. 마법소녀를 은퇴해야 하는 스물셋이 얼마 남지 않았기 때문에 망설이다가 지금에서야 오랫동안 간직해온 바람을 털어놓았다.

"아빠⋯⋯. 나는 결혼하는 것도 싫고 내가 원하지 않는 일을 하는 것도 싫어. 폭신폭신하고 따뜻한 빵을 만들고 싶어. 싸우고 부수는 게 아니라, 사람을 행복하게 만드는 맛있는 빵을 만들어 팔고 싶어. 내가 돈을 벌어서 나를 위해 쓰고 싶어."

아빠는 내 말을 듣고 눈을 크게 떴다. 한 번도 생각한 적 없던 걸 들은 표정이었다. 어디서도 듣지 못한 말이긴 할 터였다. 하긴, 여자아이들은 이제 꿈을 꾸지도 않는 시대니까.

마법소녀로 각성하거나 각성하지 않거나, 여자의 결말은 대부분 주부였다. 집안일을 하고 아이를 돌보고 남편을 내조하는 삶. 그렇지 않으면 거리를 순찰하며 언제 그림자 괴물에게 공격당할지 모르는 일을 해야 했다.

아들을 낳으면 잘 키우다가 '엄마는 이것도 몰라?'라는 말을 들으며 학교에 보내야 했고, 딸을 낳으면 아기 때부터 튼튼하도록 온갖 정성을 다해야 했다. 여자아이들이 마법소녀를 선망하는 건 어떤 것에도 얽매이지 않은 채, 오로지 그림자 괴물만을 상대하며 집 밖을 활보하고 뛰고 구를 수 있기 때문인지도 몰랐다.

남자는 그림자 괴물을 상대하는 일 외의 모든 것을 했다. 사람을 치료하고 가르치는 일부터 머리카락을 자르거나 따뜻한 빵을 굽는 일까지 모두. 마법소녀가 그림자 괴물을 상대하는 것은 아주 위험하며 숭고한 희생이 따르는 일이었다. 남자들은 여자들이 그 일 외에 다른 걸 신경 쓰지 않도록 부지런히 일하는 것이라고 했다. 열심히 배우고 갈고 닦아서 여자들이 마법소녀에서 은퇴했을 때 먹여 살릴 수 있도록.

왜 여자가 일을 해서 돈을 벌면 안 되는 거지? 소방관도 경찰관도 다 돈을 버는 직업인데, 어째서 마법소녀는 하늘이 내려준 사명이라고만 하는 거지?

"그건……. 그래, 그러네. 그럴 수 있지. 할아버지한테 들은 적 있어. 예전에는 여자도 직업이 있었다고……. 하지만, 유리야. 마법소녀로 힘들게 살았는데 꼭 일을 해야 하는 거니? 집에서 편하게 쉬면서 사랑받고 살면 안 되겠어? 남편의 월급과 상관없이 너만 쓰라고 아빠가 용돈도 챙겨줄 거야."

엄마는 집에서 편히 쉰 적이 별로 없었다. 청소기를 돌리고 걸레질을 하고 반찬을 만들고 빨래를 돌리고 널고 개고 욕실을 청소하고 쓰레기통을 비우고 음식물 쓰레기를 버리고 와이셔츠를 다리고 장을 보고 음식 재료를 다듬고 냉장고 정리를 하고 식사를 차리고 설거지를 했다. 그러면서도 내 옷을 디자인하고 천을 자르고 바느질을 했다.

아빠는 푹 자고 일어나 엄마가 차려준 아침밥을 먹고 엄마가 다린 와이셔츠를 입고 엄마의 배웅을 받아 출근한 뒤 집으로 돌아와 엄마가 차려준 저녁밥을 먹고 엄마가 빨아서 말린 잠옷을 입고 엄마가 사 온 맥주를 마시며 엄마와 대화를 하다가 엄마와 같이 잠을 잤다.

바깥일도 바쁘고 힘들다고 하면, 글쎄. 어떤 게 더 어렵다고 우열을 가리고 싶지는 않지만, 생사를 넘나들며 싸우는 게 더 힘들지 않을까?

아빠에게 말을 하려는데 출동 신호가 왔다. 신호를 받자마자 위치를 확인하고 자리에서 일어나는데 아빠가 내 손을 꽉 붙잡았다. 나는 잡히지 않은 손을 아빠의 손 위에 얹었다.

"걱정하지 마. 별일 없을 거야."

"위험하면 꼭 마법소녀를 추가로 불러. 혼자서 다 해결하려 하지 말고. 알았지? 누가 뭐래도 아빠는 네가 제일 소중하단다."

"응……. 다녀올게요!"

내 마법 도구는 하얀색 스케이트보드였다. 집을 나서자마자 목걸이처럼 만들어 목에 걸고 있던 핑거 보드를 들어 앞으로 쭉 뻗은 왼팔 위에 올려놨다. 오른손 검지와 중지를 핑거 보드 위에 올리고 왼팔을 쓸어내렸다. 손등 뼈에 도달했을 때 핑거 보드를 돌리며 공중에 띄우자 펑거 보드가 빙글빙글 돌아가더니 롱 보드가 되어 바닥에 부드럽게 떨어졌다.

롱 보드 위에 오른발을 올리고 왼발로 바닥을 차자 순식간에 속도가 붙으며 빛나는 바람이 나를 감싸안았다. 훈련을 하고 온 뒤라 후줄근한 체육복 차림이었는데 한순간에 찰랑거리는 하얀색 원피스로 변했다. 양 허리에서 꼬리처럼 나풀거리는 레이스가 오금을 간지럽혔다. 내가 마법소녀가 된다면 이런 옷을 입으면 좋겠다고 해서 예전에 엄마가 그렸던 옷이었다. 직접 디자인한 옷이 TV에 나오는 걸 봤다면 엄마도 기뻐했을 것이다.

헬멧이나 팔꿈치 보호대, 무릎 보호대는 당연히 없다. 롱 보드를 타는 마법소녀는 바람을 가르며 머리카락과 원피스 자락을 아름답게 휘날려야만 했다. 변신만 하면 머리카락을 감지 않아도 막 감고 말린 것처럼 부드럽게 찰랑거렸고 꽃향기까지 났다. 단점은 내가 아무리 안전을 생각해 변신 전에 보호대를 다 착용해도 소용없다는 거지. 그래서 출동하지 않을 때면 죽어라 보드 타는 걸 연습해야 했다. 그나마 신발은 구두가 아닌 하얀색 운동화라 다행이었다.

"롱 보드 여신이다!"

"마법소녀 파이팅!"

거리에 있던 사람들이 재빨리 가장자리로 물러나 속도를 줄이지 않아도 괜찮았다.

"이동 거울 열렸습니다. 무사히 다녀오세요!"

순간 이동 거울을 통과하자 바로 그림자 괴물이 있는 장소에 도착했다. 이미 도착한 마법소녀가 먼저 싸우고 있는 게 보였다. 그 주위에 카메라를 든 사람들이 모여 있었다. 몇몇 사람들의 카메라 각도가 불순했다. 마법소녀 복장을 보니 엉덩이를 겨우 덮는 짧은 바지였다. 그나마 치마가 아니라 바지라 다행이라고 생각해야 하는 걸까.

그림자 괴물을 향해 달리면서 소리쳤다.

"치이기 싫으면 비키세요!"

"야, 야. 속도광이야!"

"씨발, 내 카메라! 안 돼!"

일부러 카메라를 아래에서 위로 향하고 있는 사람에게로 달려가자 모여 있던 사람들은 재빨리 나를 피하느라 뒤로 자빠지고 말았다. 카메라도 당연히 바닥에 떨어지며 박살이 났다. 뒤에서 욕하거나 말거나 쌤통이라 생각하며 사람들을 지나쳤다.

가까이서 보니 홀로 싸우고 있던 마법소녀는 얼마 전에 각성한 막내 수민이었다. 내가 운동장을 돌면 따라 돌고, 스트레칭을 하면 힐끗힐끗 쳐다보면서 엉거주춤 따라 했었다. 나보다 키도 크면서 엄청 마른 모습이 어찌나 가슴 아프던지. 훈련하는 것조차 버거워 보여서 조만간 따로 불러 삼겹살을 맛깔나게 구워주겠다고 다짐하게 한 아이였다.

"막내! 괜찮니!"

훈련하면 더워질 게 분명한데도 수민은 늘 어두운 색의 긴소

매와 긴바지만 입었다. 그 탓에 알록달록 꽃이 그려진 머리띠 마법 도구만 유난히 눈에 띄었다. 수민의 마법소녀 복장은 머리띠에 걸맞게 화려하고 기장이 짧았다. 어깨끈이 없는 검은색 탑에 그물 같은 형광 연두색의 긴소매 크롭 티, 검은색 핫팬츠였다. 수민이 뛸 때마다 양 갈래로 높게 묶은 머리카락이 나풀거렸다. 그래서 수민의 또 다른 별명은 여름 소녀였다.

키 크고 날씬하고 예쁘고 옷도 짧은 수민이 출동할 때마다 그곳에 있던 사람들은 도망도 가지 않고 수민의 모습을 넋 놓고 쳐다보았다.

수민은 옷차림이 불편한 건지 민망한 건지 모르겠지만 움직이는 와중에 그물로 된 상의를 끌어 내려 배를 덮으려고 애썼다. 그러나 호랑이 형태를 한 그림자 괴물을 상대하면서 팔을 휘두르고 뛰고 구르는 건 어쩔 수 없는 일이었다. 저쪽에 모여 있던 사람들의 카메라는 막내에게서 떨어지질 않았다. 나는 싸우면서도 사람들을 향해 소리치거나 카메라를 부순 적이 많아 나를 향하는 카메라는 없었지만, 수민은 소심해서 뭐라고 하지 못했다. 그걸 아니까 수민만 집요하게 찍는 거겠지.

수민도 카메라 렌즈가 어딜 향하고 있는지 알았기에 움직임이 점점 소극적으로 변하고 있었다. 그러나 그림자 괴물을 앞에 두고 그러면 안 됐다. 싸우고 난 다음에 사람들에게 사진을 지워달라고 부탁을 하든 아니면 나에게 도와달라고 해야 했는데.

빛의 마법을 쓰려면 시간을 들여 빛의 힘을 모으거나 마법진을 그려야 했다. 수민이 그림자 괴물에게서 떨어질 수 있게 그 괴물의 주변을 맴돌며 관심을 뺏으려고 했는데, 그림자 괴물은 누가 더 약한지 알고 집요하게 수민을 공격했다. 사람들은 그림자 괴물이 훌쩍 점프하면 바로 잡아먹힐 수 있다는 걸 잊은 건지 계속 카메라로 찍기 바빴다.

수민은 그림자 괴물이 사람들에게 접근하지 못하도록 관심을 끌기 위해 폴짝폴짝 뛰고 구르고 소리를 질렀다. 사람들은 그런 수민을 구경했다. 찰칵찰칵찰칵. 요란한 셔터 음과 번쩍거리는 플래시를 받으며, 수민은 필사적으로 움직였다.

"땀에 젖으니까 건강미에 섹시미까지 있는데? 팔을 더 쭉 뻗어보라고!"

그 말을 듣고 오히려 몸이 굳어버린 수민은 제대로 착지하지 못하고 넘어지고 말았다. 그림자 괴물은 수민이 넘어진 걸 놓치지 않았다. 조금만 여유가 있었더라면, 지켜야 할 사람들이 없었더라면, 그림자 괴물이 스피드형 괴물이 아니었더라면. 그러면 수민은 무사했을까?

"수민아! 우선 괴물에게서 멀어져! 다른 건 무시하고! 내가 있잖아!"

그러나 내가 있다는 말이 어떤 자극이 됐던 걸까. 수민은 무리하게 마법의 힘을 쓰려고 했다.

"여름날 햇빛……. 아악!"

그 순간 그림자 괴물의 앞발이 수민의 머리를 후려쳤다. 마법의 힘을 쓰려던 수민은 정신을 못 차리고 그 자리에 엎어졌다. 구경하던 사람들은 그 모습을 보고 뒤도 돌아보지 않고 도망가기 시작했다. 왼발을 거세게 굴러 속도를 내자 롱 보드 뒤쪽으로 빛무리들이 모여들기 시작했다. 그러나 이미 늦어버렸다. 그림자 괴물은 형체를 풀고 너울거리는 어둠으로 수민을 휘감았다. 수민이 계속해서 싸우고 있는 건지, 어둠 속에서 연약하지만 반짝반짝한 빛이 새어 나왔다. 수민이 어둠에 완전히 물들기 전에 빨리 괴물을 잡는다면 구할 수 있었다.

침착하고 싶었지만 그게 되지 않았다. 발로 바닥을 제대로 차야 하는데 잘못 차서 몸의 중심이 흐트러져 넘어지기까지 했다. 무릎과 종아리가 갈리고 발목도 삐끗한 것 같았으나 안간힘을 써 바닥을 찼다. 어느 정도 속도가 붙어 그림자 괴물을 중심으로 빙글빙글 돌기 시작했다. 그렇게 바람을 가르며 아름답게 보드 위에서 춤을 춰야만 그림자 괴물을 가두고 없애는 빛의 마법진이 나타났다. 보드 위에서 춤을 출 때마다 상처가 욱신거렸다.

지금이라도 당장 그림자 괴물에게 달려가서 수민을 구하고 싶었다. 그러나 도망가는 사람들이 있었다. 마법소녀가 구해야 할 사람들. 그림자 괴물은 빨랐고, 사람들이 아무리 빨리 뛰어도 몇 발자국만 움직이면 잡힐 거리에 있었다. 멈출 수 없었고 멈춰서도 안 됐다.

손가락 끝까지 우아하게, 치맛자락이 부드럽게 흩날리고 레이스가 아름답게 물결치도록 가볍게 움직인 끝에 드디어 바닥에 빛의 선이 생겨났다. 그림자 괴물이 선 밖으로 도망가려 했지만 이미 커다란 빛의 고리가 생겨 도망갈 수 없었다.

마지막으로 보드 위에서 한 바퀴를 돌자 마법진이 완성되며 환한 빛이 그림자 괴물을 감쌌다. 그림자 괴물은 소리 없는 비명을 지르더니 이내 흔적도 없이 사라졌다. 남은 건 수민의 머리띠뿐이었다.

마법소녀는 죽어도 시체를 남기지 않는다. 그림자 괴물에게 먹혀 사라지거나 빛으로 변해 마법 도구만 남기고 사라질 뿐이었다. 마법 도구라도 남겨서 다행이라고 생각해야 하는 걸까.

수민의 죽음은 슬픈 일이었지만 마법소녀의 죽음은 익숙한 일이었다. 세상은 마법소녀들이 개성 넘치게 변신하는 장면과 아름답거나 귀엽게 마법을 쓰는 모습을 찬양하지만, 마법소녀의 본질은 괴물을 상대하는 일이었다. 마법소녀가 죽거나 괴물이 죽거나. 마법소녀의 죽음은 다른 마법소녀의 활약으로 덮인다. 어쩌면 내 활약이 수민의 죽음을 덮을지도 몰랐다.

나는 머리띠를 챙겨 돌아올 수밖에 없었다.

다음 날, 수민의 가족에게 그녀의 머리띠를 전해주기 위해 마법소녀 관리청을 찾아갔다. 마법소녀의 사망을 처리하는 부서에 찾아갔는데 안에서 큰소리가 들려왔다.

"아니, 마법소녀 관리청에서 마법소녀 관련 자료를 구입하지 않는다는 게 말이 됩니까? 국가가 마법소녀를 이렇게 헌신짝 취급해도 되는 겁니까?"

"선생님, 개인이 만든 마법소녀 관련 물품을 국가에서 살 수는 없습니다. 순직한…… 마법소녀를 위해 사진을 기증하는 건 어떠신가요? 저희가 가족에게 잘 전달해드리겠습니다."

"아니, 내가 어떤 위험을 무릅쓰고 찍은 사진인데 공짜로 달라 그래? 나라가 날강도구만!"

남자가 테이블을 내려쳐 큰 소리가 났지만, 남자 앞에 앉아 있는 직원은 무표정으로 일관했다. 이를 악물어 턱에 힘이 들어간 걸 보니 화를 참고 있는 것처럼 보이기도 했다.

"이렇게 소란을 피우시면 경비원을 부르겠습니다."

"경비원? 지금 날 진상 취급하는 거야? 너보다 높은 직급 불러와!"

도대체 무슨 일이길래 저러나 싶어 테이블 위를 봤는데, 거기에는 수민의 사진이 있었다. 수민이 높게 뛰어올랐을 때 찍은 건지 엉덩이를 아래에서 위로 올려다보는 구도였다. 땅에 손을 짚고 두 발을 허공에 차며 부드럽게 괴물의 공격을 피할 때, 두 다리가 벌어질 때 찍은 사진도 있었다. 그것만 봐도 사진을 찍은 목적이 어떤 것이었는지 노골적으로 알 수 있었다.

"카메라를 완전히 박살 냈어야 했는데."

남자의 머리 위에서 중얼거리자 그가 퍼뜩 고개를 돌려 나를 바라봤다. 신기하게도 사람들은 마법소녀의 변신 전과 변신 후의 모습을 매치하지 못했다. 그래서 남자는 나를 알아보지 못하다가 카메라 이야기를 곱씹고 나서야 내 정체를 알아차린듯 소리쳤다.

"속도광!"

밝은 곳에서 남자를 가까이 보니 나도 그가 누군지 깨달았다. 이 새끼는 내가 어렸을 때부터 나를 쫓아다니며 사진을 찍던 놈이었다. 원피스 안에 속바지를 입은 걸 보고 어찌나 아쉬워하던지. 우연인 척 카메라를 떨어뜨린 게 몇 번인지 모른다. 관리청에서도 초반에는 남자의 카메라를 변상해주더니, 꾼인 걸 안 뒤로는 그가 대피하지 않았다는 이유를 대며 변상해주지 않은 지 오래였다. 그래도 마법소녀 사진을 팔아서 많은 돈을 버니 죽어라 쫓아다니는 거겠지만. 지금은 마법소녀가 죽었기 때문에 인터넷으로 판매를 하지 않고 관리청에 온 것 같았다. 이걸 양심이 있다고 해야 하는 건지 모르겠다.

"너 잘 만났다. 내 카메라 물어내!"

"내가 왜?"

"왜라니, 너 때문에 내 카메라가 박살 났잖아! 메모리라도 건져서 다행이지, 아니었으면 민원 넣었어!"

그 말을 들으니 화가 머리끝까지 차올랐다. 카메라가 망가진 건 중요하고, 마법소녀가 죽은 건 안 중요해? 카메라는 돈을 주고 사는 재화지만, 마법소녀는 명예직이라서?

테이블 위에 놓인 사진의 분위기가 어쨌건, 수민의 마지막 모습이라 차마 찢지 못했다. 어쩌면 저 사진들 중에 수민의 모습이 제대로 나온 것이 있을지도 몰랐다. 대신 앉아 있는 남자의 먹살을 잡고 일으켜 세웠다. 주위에 있던 직원들이 벌떡 일어났다. 바로 앞에 있던 무표정한 직원이 눈을 크게 뜨고 나를 바라봤다.

"넣어, 이 새끼야."

"컥, 컥! 뭐, 뭐야? 마법소녀가 사람을 치려고 하네? 이거 안 봐? 내가 아니라 괴물을 없애야 할 거 아니야! 어제 네가 더 잘 싸웠으면 여름 소녀가 당할 일도……. 으아악!"

남자가 원하는 대로 먹살을 놔주자 의자에 뒤엉켜 우당탕 넘어졌다. 어딘가에 잘못 박았는지 끙끙거리는 소리를 냈다.

"마, 마법소녀가 사람 팬다! 경비원! 경찰!"

"어제 우리가 아저씨 구해준 건 생각 안 나고? 아저씨만 아니었으면 수민이는 죽지 않았을 거야. 왜 댁 같은 사람을 구하려고 마법소녀가 목숨을 바쳐야 하는 걸까?"

"내가 너 고소할 거야. 콩밥 먹일 거라고!"

남자가 고래고래 소리를 지르며 사람들의 시선을 끌었다. 이제는 사무실 내부뿐만 아니라 다른 사무실에서도 사람들이 와 지켜보고 있었다.

마법소녀는 오로지 그림자 괴물을 상대하기 위해 훈련을 한다. 그래서 사람을 때린다는 말은 들어본 적이 없었다. 때리는 게 뭐야, 어제 같은 상황에서 수민을 구하지도 못하고 사람들을 지켰는데. 사람을 때린 마법소녀는 내가 처음인 것 같지만 뭐, 어떤가. 참기만 하고 당하고 살던 마법소녀들이 화를 내고 감정을 터

트리면 좋겠다.

"수민이한테 미안하긴 해? 아니, 미안함이라는 감정을 알기나 해? 알았으면 이따위 사진을 찍겠다고 목숨 걸고 싸우는 마법소녀 근처를 얼쩡거리진 않았겠지. 어떻게 너 때문에 죽은 마법소녀의 사진을 팔려고 뻔뻔스럽게 찾아올 수 있지? 네가 사람이야?"

"이년이 싸가지 없게 누구한테 너, 너 거리는 거야? 네 부모가 그렇게 가르쳤어?"

"그래, 말 잘했다. 나도, 마법소녀도 부모가 있어. 마법소녀는 도구가 아니야, 사람이라고!"

"너희는 은퇴하면 결혼해서 편하게 살면 되지만 난 아니야! 나도 먹고살아야 할 거 아니야!"

마법소녀는 마법소녀에서 은퇴해 또 다른 마법소녀가 되어야 했지만, 사람들 눈에는 편하게 사는 걸로 보이나 보다. 우리는 우리의 생을 태워 사람을 구했다. 싸우다가도 죽었고, 은퇴해서도 이른 나이에 죽었다. 스물셋. 받침에 'ㅅ'이 들어갈 때부터 중반이 되는 거라며 은퇴당했다. 마법소녀는 언제나 어리고 젊고 싱그러워야 했으니까.

누군가의 아내, 누군가의 엄마가 되기보다 그림자 괴물과 싸우고 사람을 지키고 싶어 하는 마법소녀들도 있었지만 방법이 없었다. 『선녀와 나무꾼』에서 나무꾼이 선녀 옷을 가지고 있는 것처럼 마법 도구를 남편에게 줘서 변신할 수 없기 때문이었다.

"어떻게 그게 편하게 사는 것처럼 보이는 거지? 그리고 죽을 만큼 훈련하고 죽음 앞에서 싸우는데 은퇴 후에 편히 살면 안 되나?"

"아, 그래. 너는 올해까지만 활동하고 내년에 은퇴한다지? 이야, 인기 많고 잘 싸웠으니까 부자 남편 만나겠다! 이미 남편도 정해졌지? 은퇴하자마자 성대하게 결혼식 올릴 거지? 더 때려, 더. 팔자 고치게 때리라고!"

진짜로 후려치려고 했는데 나보다 더 빨리 남자를 때린 사람이 있었다. 남자를 상대하던 직원이었다. 나는 눈이 동그래져서 직원을 바라봤는데, 그는 아무렇지 않게 손을 털고 있었다.

"마법소녀 관리청 직원은 난동을 부리는 시민을 그 자리에서 처벌하고 체포할 수 있는 권리가 있습니다. 김한수 님께서는 타인에게 불안감과 불쾌감을 조성하였기 때문에 즉시 체포하겠습니다. 경비원, 데려가주세요."

사람들 틈에 서 있던 경비원이 남자를 데려갔다. 남자는 제대로 맞았는지 말도 못 하고 경비원이 이끄는 대로 엉거주춤 걸어서 사라졌다. 직원이 사람들에게 눈짓을 하자 뿔뿔이 자기 자리로 돌아갔다. 직원은 나를 도운 거지만, 오히려 더 화가 났다. 내가 때리면 마법소녀가 사람을 패는 것이고, 직원이 때리면 정당한 행위였다.

주위를 둘러보니 다 남자뿐이었다. 하긴, 원래 마법 도구를 반납하는 것도 구역 담당 관리한테 맡기지 본청까지 오는 일은 드물다. 나도 아빠가 놓고 간 서류가 있다고 해서 온 거지, 아니었으면 담당자한테 맡겼을 것이다.

"수민이 머리띠예요. 가족한테 돌려주세요."

"네, 저…… 괜찮으십니까? 유자차 한 잔 드릴까요?"

"괜찮아요."

"그러면 율무차나 매실차도 있습니다. 아니면 카페에서 사 오겠습니다. 어떤 걸 드시겠습니까?"

"제가 할 일이 있어서, 가볼게요. 안녕히 계세요."

직원이 나를 불렀지만 뒤도 돌아보지 않고 다친 다리를 절뚝거리며 마법소녀 관리청 건물을 나왔다. 이곳에는 많은 사람이 오가고 있었다. 마법소녀 훈련소와 다친 마법소녀 관리, 전투 후 피해보상, 새로 각성한 마법소녀 등록, 사망한 마법소녀 장례, 마법소녀의 신랑 후보 등록 등 각자 해야 할 일을 가지고 들어오고 나가는 거겠지.

그러니까 이제부터 내가 해야 할 일은,

"마법소녀, 투쟁!"

배에 힘을 잔뜩 주고 크게 소리를 지르자 주변에 있던 사람들이 웅성거렸다. 힐끗 쳐다보고 그냥 지나가는 사람도, 관심도 주지 않고 가는 사람도 있었지만 다시 한번 소리 질렀다.

"롱 보드 마법소녀인 나는 지금부터 마법소녀 활동을 하지 않는다! 파업이다!"

"뭐? 파업? 저게 무슨 소리야?"

"마법소녀에 파업이 어디 있어? 외상후스트레스장애 아냐?"

"안에 들어가서 사람 좀 불러와!"

누군가 급하게 안으로 뛰어 들어가기도 전에 아까 그 직원이 뛰어나왔다. 소란을 느꼈는지 나오는 사람이 한두 명이 아니었다. 그 속에는 아빠도 있었다. 아빠, 미안. 그래도 지금까지 돈 많이 모았으니까 아끼면서 살 수 있을 거야.

"마법소녀는 도구가 아니다! 마법소녀는 사람이다! 국가는 마법소녀에게 제대로 된 보상을 지급하라!"

내가 소리치자 정문 앞을 지키고 있던 경비원들이 우물쭈물하며 내 곁으로 다가왔다. 경비원 또한 은퇴한 마법소녀였다. 그렇지만 일자리를 지키기 위해서는 마법소녀의 권리를 주장하는 나를 막아야만 했다.

"마법소녀도 일하고 싶다! 농사를 하거나 빵을 만들거나 회사를 다니고 싶다! 먹고 싶은 걸 마음껏 먹고 싶다! 잠을 실컷 자고 싶다! 연애를 하고 싶다! 계속 괴물과 싸우고 싶다! 마법소녀도 사람이다! 자유를 달라!"

이렇게 외치는 마법소녀를 어떻게 막을 수 있겠는가. 내 선배들은 나와 눈이 마주치자 바로 몸을 돌려 내게 접근하려는 사람들을 막았다.

"지금 뭐 하는 거야? 저것들 안 말려?"

"알겠습니다!"

상사의 지시를 받은 젊은 직원이 나를 향해 뛰어오려고 하자

말없이 서 있던 사람이 아무렇지 않게 제지했다.

"1인 시위는 합법인데 뭘 말려?"

"누가 그런……. 앗, 청장님. 안녕하십니까! 얼른 조용히 시키겠습니다!"

"사람한테 이거저거 할 때부터 알아봤네. 1인 시위는 합법일세!"

그러더니 성큼성큼 내게 다가왔다. 선배들도 차마 청장을 막을 수는 없었는지 불안한 기색을 하고 가만히 서 있기만 했다. 모른 척하며 다른 곳을 바라보고 있었는데, 청장이 내 앞으로 다가와 나를 꼭 끌어안았다. 청장이 1인 시위를 하는 사람을 안자 주위에서 술렁거렸다. 나는 떨어지지 않는 입술을 겨우 달싹여 말했다.

"아빠, 미안해……."

"네가 뭐가 미안해. 그저 좋은 사람하고 결혼시킬 생각만 했지, 너에게 하고 싶은 게 있을 거라고는 생각도 못 했다는 걸 알고 반성하고 있었어. 아빠는 너를 지지한단다. 집회신고 해놓을 테니 걱정 말아라."

1인 시위는 합법이지만 2인 이상은 미리 집회신고를 해야 했기 때문에 아빠는 그 말만 하고 돌아갔다. 사람들은 투쟁과 파업을 외치는 마법소녀의 아빠가 마법소녀 관리 청장이라는 사실에 놀라 어쩔 줄 몰라 했다.

그렇게 볼일을 보기 위해 관리청으로 오는 사람들 속에서 죽어라 외치고 있었다.

"이거 드세요."

목소리가 갈라지려고 할 때쯤 조금 전 진상을 상대했던 직원이 텀블러를 내밀었다.

"커피를 안 드신다고 들어서 저기에 있는 카페에서 사 온 밀크티입니다. 제일 잘 나가는 메뉴라 사 왔는데, 혹시 카페인 자체를 안 드십니까? 유자차로 사 올까요?"

"괜찮아요. 잘 마실게요. 감사합니다."

받지 않을 생각이었지만 너무나도 정중하고 다정하게 물어와 나도 모르게 손을 내밀어 받았다. 안 그래도 목이 아픈 상태였다.

"제 이름은 한현민입니다. 그러니까…… 한수민, 수민이 오빠입니다. 수민이의 유품을 챙겨주셔서 정말 감사합니다……."

남자, 한현민의 말을 듣고서야 그의 얼굴에서 수민의 흔적을 찾을 수 있었다. 이제는 볼 수 없는, 수민의 나이 든 모습이었다. 한현민은 허리를 깊이 숙여 인사했다. 그러나 내가 이 인사를 받을 자격이 있나?

"수민이를 구하지 못해서 죄송합니다……."

눈물이 뚝뚝 떨어졌다. 싸우다가 죽어 빛으로 사라진 마법소녀들이 떠올랐다. 더는 이렇게 헛되이 보내고 싶지 않았다.

"아닙니다. 롱 보드 마법소녀로 활동하면서 다친 걸 한 번도 본 적 없었는데……. 포기하지 않아 주신 거겠죠. 그것만으로도 감사합니다. 수민이는…… 롱 보드 마법소녀의 아니, 유리 언니의 빵집에서 같이 일하고 싶다고 했었어요. 자기는 커피를 만들고 싶다고요."

전혀 몰랐다. 수민이 마법소녀인 나를 존경하고 동경한다고 생각했지, 빵을 만들고 싶다는 꿈을 꾸는 나를 좋아한다고는 생각 못 했다. 수민에게 꿈이 뭐냐고 물어볼걸, 더 많이 대화할걸……. 목이 메어서 어떤 말도 할 수 없었다. 그런 나에게 한현민은 정중히 고개를 숙이며 다시 감사 인사를 했다.

"수민이가 꿈을 꿀 수 있게 해줘서 고맙습니다. 그러니까…… 지지합니다. 마법소녀, 투쟁."

"그래요. 우리도 힘을 보탤게요."

갑자기 들려온 소리에 고개를 돌리자 청소년 마법소녀부터 아기를 안고 나타난 은퇴한 마법소녀까지 다양한 마법소녀들이 있었다. 우리는 죽음을 각오하고 싸우는 동료이자 또 다른 가족이면서도, 많은 걸 포기하고 체념하고 길들여진 마법소녀이기도 했다. 그래서 이렇게 많은 사람이 와줄 줄은 상상도 못 했다. 파르르 떨리는 입술을 깨물고 주위를 살피는데 한현민이 말했다.

"1인 시위만 합법이라 이렇게 모여 있으면 안 됩니다."

한현민은 관리청 직원답게 딱딱하게 대응했다. 그러자 제일 나이가 많아 보이는 마법소녀가 코웃음을 치고 말했다.

"우리가 뭐 시위하러 왔나? 그냥 구경 온 거야. 유리라고 했지? 힘들면 말해. 내가 교대해줄게. 그러면 1인 시위잖아?"

"그렇지만 앞으로 15분 뒤에는 합법 시위입니다. 청장님이 신고해두셨거든요."

한현민은 그 말을 끝으로 관리청으로 돌아갔다. 마법소녀들은 한현민을 보다가 서로를 보고 싱긋 웃고 말았다. 나는 따뜻한 밀크티를 마시고 다시 투쟁을 외쳤다. 마법소녀들은 드문드문 모여 수다를 떨다가 15분이 지나자 내 주위로 모여 투쟁과 파업을 외쳤다.

우리는 꿈을 꾸었다. 의사가 되어 사람들을 치료하는 꿈을, 학교에서 책상 앞에 앉아 공부하는 꿈을, 노래를 불러 사람들에게 감동을 주는 꿈을, 혼자 사는 집에서 반려동물을 키우며 늙어가는 꿈을.

우리는 마법소녀의 아이를 돌보고, 카페에서 음료를 사 와 나눠 마시고, 아빠가 주문해준 따뜻한 도시락을 먹고, 마법소녀의 유가족이 보내준 간식거리를 먹으며 웃고 떠들었다.

투쟁을 외치다 보면 새로운 시대가 올 것이다.

해가 바뀌면 스물셋이 되겠지만, 나는 마법소녀.

마법소녀, 투쟁!

이 달의 네일

알람이 울리는 소리를 듣고 눈도 제대로 뜨지 못한 상태로 손을 뻗어 더듬거렸다. 핸드폰을 찾았는데 잡히지가 않았다. 다시 더듬거리려는데 손가락의 느낌이 둔했다. 퉁퉁 부어서 그런가? 언니가 대신 알람을 꺼주길 바라며 가만히 누워 있었다. 그런데 언니도 많이 피곤했는지 미동도 없었다. 하긴, 일주일 내내 야근 이었으니 휴일인 오늘은 늦잠을 잘 필요가 있지. 일 분이 지났는지 알람 소리가 멈췄다. 10분만 더 누워 있고 싶었다. 아침에 바쁘게 허둥지둥거릴 때마다 그때 일어날걸 후회하는 걸 알면서도 미래의 내가 알아서 잘하겠지, 하고 눈을 감았다. 옆에 있는 언니를 끌어안았다. 에어컨 온도가 많이 낮았나? 언니의 온기가 느껴지지 않았다.

잠시 눈을 감고 있었던 것 같은데 8시 알람이 요란하게 울렸다. 이제는 정말 일어나야 했다. 이때는 언니도 일어나는 시간이었다. 언니에게 오늘은 늦잠 잘 수 있는 소중한 주말이었지만, 나와 같이 아침 식사를 할 거라는 선언에 웃을 수밖에 없었다. 평일에는 언니가 일어나는 시간에 같이 일어나고 싶었으나 나는 전형적인 올빼미 인간이라 새벽에 일어나는 게 너무 힘들었다. 차라리 밤을 새워서 같이 밥을 먹고 언니는 출근하고 나는 잠을 청하는 게 훨씬 나은 방법이었다. 물론 언니가 그 꼴은 못 본다고 해서 새벽에 출근하는 언니를 침대 위에서 배웅하는 게 다였다.

휴일에는 언니가 쉬고 내가 출근하는데, 내가 일어나기 싫어서 늦장 부리면 먼저 일어난 언니가 머리도 쓰다듬어주고 이마에 뽀뽀도 해줬다. 그러면서 일어나, 일어나야지, 하고 속삭였다. 그럼 나는 그게 좋아서 정신이 들었어도 괜히 눈을 감고 입술을 내밀었다. 쪽, 쪽쪽, 몇 번의 입맞춤 끝에 언니의 손을 잡고 일어났다. 이게 우리가 휴일을 시작하는 방법이었다.

언니가 일어나길, 일어나서 내 머리를 쓰다듬어주길, 뺨을 어루만지고 이마에 뽀뽀해주기를 기다렸다. 어느새 알람 소리가 멈췄다. 방 안이 너무 고요했다. 무서울 정도였다. 5분 간격으로 알람을 맞춰놨기 때문에 다시 한번 알람이 울렸다. 언니는 아직도 움직이지 않았다. 엄청 피곤했나 보다. 5분만 더 있다가 일어나야지, 하고 생각하기가 무섭게 알람이 또 울렸다. 여기서 조금만 더 늦장 부리면 지각할지도 몰랐다. 시끄럽게 울리는 알람을 끄기 위해 손을 뻗었다. 핸드폰을 어디에 뒀더라? 더듬거리는 손 아래 핸드폰이 잡혔다. 느낌이 이상했다. 나도 피곤했나? 손가락으로 화면을 터치해도 알람이 꺼지지 않았다. 뭐지? 몇 번 더 손짓을 하니 조용해졌다. 핸드폰을 바꿀 때가 된 걸까? 휴대폰 바꿀 돈을 생각하니 작게 한숨이 나왔다.

일어나서 기지개를 켜고 이불을 걷으려 손을 뻗었다. 시야에 보이는 손이 이상했다. 가늘고 하얗고 길어서 언니가 참 예뻐하던 손. 오른손 네 번째 손가락에 낀 심플한 반지가 잘 어울리는 고운 손. 주먹을 쥐면 손등 뼈의 굴곡이 유려해서 언니가 손가락으로 어루만지던 손. 파랗게 비치는 핏줄이 강이 흐르는 것처럼 예쁘다고 말해줬던 손. 그랬던 내 손이 온통 회색이었다.

지난 주말에는 언니와 예약 시간이 우연히 겹친 것처럼 네일 숍에서 만나서 젤네일을 받았다. 이달의 네일에서 언니와 같은 디자인을 고르고 싶었지만 언니가 싫어해서 서로 전혀 다른 디자인을 골랐다. 그나마 언니가 고른 색을 옆자리에서 건너 듣고 뒤이어 나도 그에 어울리는 색을 골랐다. 나중에 집에 와서 언니가 자기는 노란색, 나는 초록색으로 해서 손을 잡으면 봄이라고 좋아하는 모습을 보고 행복해했는데, 지금 그 젤네일만이 기이하게 반짝거리고 있었다.

내가 미세먼지 인간이 되었다.

뻣뻣하게 굳은 고개를 억지로 돌려 옆을, 언니를 바라봤다. 사람들의 발길이 잘 닿지 않은 유물처럼, 혹은 제대로 청소를 하지 않아 몇 년 동안 방치된 도자기 인형처럼 먼지로 뒤덮인 언니가 보였다. 언니가 맞을까? 먼지를 모아 언니의 모습으로 형상화한 것 같았다. 언니가 살아 있는지 죽었는지도 알 수 없었다. 언니의 위로 소복이 쌓인 먼지를 털어내고, 얼굴을 매만지고, 입술에 입술을 맞추며 온기를 확인하고 싶었지만 내밀어 뻗은 손이, 사람의 손이 아니라서 거둘 수밖에 없었다.

망연히 언니를 바라보고 있다가 재빨리 침대를 벗어났다. 방구석에 있는 공기청정기를 확인했다. 전원에 불이 들어와 있었지만 효과는 없는 것 같았다. 전원을 끄고 필터를 살펴보니 너무 많은 먼지가 달라붙어 있었다. 이 먼지들은 다 어디서 온 걸까.

그러다가 문득, 미세먼지 인간에 대한 것들이 생각났다. 진실과 거짓과 진짜와 가짜와 안이함과 선동이 뒤섞여 무엇이 무엇인지 알 수 없는 것들.

미세먼지 인간으로 변이한 사람은 전 세계에서 열 명도 되지 않는다. 정확히 말하면 미세먼지 인간으로 변이하여 사라지지 않고 인간의 형태를 유지하며 살아 있는 미세먼지 인간은 열 명도 되지 않는다. 어쩌면 더 있을 수 있지만 밝혀진 바로는 그럴 터였다. 미세먼지 인간은 그 전부터 있었을 수도 있지만 사람들에게 가장 많이, 가장 강렬하게 인식된 계기가 뭐였더라…… 미국과 한국에서 생방송으로 동시 방영하는 TV프로그램이었다.

영화 시상식이었나, 화려한 드레스를 입은 여자가 무대에서 상을 받고 축하를 받고 울고 웃으며 수상 소감을 말하던 중이었다. 언니와 나는 다음 날 출근하지 않는 공휴일이라 어깨와 어깨를 맞대고 맥주를 마시고 있었다. 언니는 오른손잡이, 나는 왼손잡이라 가까이 밀착해도 불편하지 않았다. 서로의 입에 순살치킨을 넣어주며 배우들의 드레스가 얼마나 아름다운지, 우리도 나중에 저런 드레스를 입고 결혼하자느니, 둘 다 턱시도를 입는 게 더 멋있지 않겠냐느니 하는 대화를 나누며 웃고 있었다.

갑자기 이상할 정도로 TV 화면 속이 고요했다. 우리 둘의 웃음소리밖에 들리지 않았다. 아까까지만 해도 상을 받은 배우가 영어로 계속 말하고 있었는데, 정면을 바라보자 이해할 수 없는 영상이 재생되고 있었다. 아니, 생방송이니까 기이한 일이 실제로 벌어지고 있었다.

아까까지만 해도 환하게 웃던 배우의 얼굴이 조금씩 잿빛으로 변해가고 있었다. 처음에는 방송 사고인 줄 알았으나 모든 것이 반짝거리고 화려한 와중에 배우의 피부색이 이상했다. 배우의 조화로운 얼굴과 공들여 만진 머리와 펄을 발라 반짝거리는 가슴팍과 가늘고 여린 팔이 모두 회색으로 변했다. 하얗게 빛나는 드레스는 여전히 조명을 받아 반짝였지만 배우가 들고 있던 상이 바닥으로 떨어졌다. 상을 잡고 있던 손이 없어졌기 때문이다. 그제야 사방에서 비명이 터져나왔다. 그 모습을 보고 있던 우리 둘의 손에서도 맥주 캔이 떨어졌다.

배우는 당황해서 어쩔 줄 모르고 주위를 둘러보았다. 누군가가 도와주기 위해 배우에게 가까이 다가갔으나 선뜻 손을 뻗지 못하고 있었다. 그러다 모습을 가려줘야겠다고 생각했는지 배우에게 숄을 건네주었다. 배우는 허둥거리며 남아 있는 손으로 숄을 받고 얼굴을 가렸다. 배우는 죄를 지은 것마냥 고개를 푹 숙이고 무대 위를 벗어나려 하는데 드레스 자락에 걸려 넘어지고 말았다. 배우는 무의식적으로 바닥으로 손을 뻗었고, 그대로 손이 사라졌다. 몸이 사라지고, 얼굴이 사라지고, 존재 자체가 사라졌다. 남은 건 몇 가지 액세서리와 하얀색 드레스와 하얀색 구두뿐이었다.

약간의 정적이 흐르더니 다시 비명이 흘렀다. 아까보다 더 소란스럽고 절망 어린 소리였다. 슈트와 드레스를 차려입고 우아하고 멋지게 앉아 있던 사람들이 모두 허둥지둥 일어나 어딘가로 도망갔다. 방송 관계자도 얼어붙었는지 카메라 화면은 무대 위 하얀색 드레스만 비추고 있었다.

다이아몬드를 엮은 듯 반짝거리는 흰 드레스의 어깨끈이 눈물 자국처럼 바닥에 흩뿌려지고, 등 뒤에 달린 긴 천은 은하수처럼 길게 늘어졌다. 섬세한 자수를 자랑했던 고가의 드레스는 마치 하얀 장미처럼 보였다. 풍성한 치맛자락과 이슬처럼 반짝이는 보석들. 화면 속의 드레스는 꼭 사라진 배우를 애도하는 것처럼 보였다. 그러다 갑자기 화면이 까맣게 되고 모든 소리가 사라졌다. 발치에서 흐르는 차가운 맥주가 나의 정신을 일깨웠다.

그 뒤로 세상은 변하지 않은 듯 변했다. 외계인이니 나사니 약물중독이니 CG니 말은 많았지만 해결되거나 밝혀진 건 없었다.

그 배우는 그렇게 사라졌다.

다음 미세먼지 인간이 나타났을 때는 미국의 대처가 가장 빨랐다. 강대국이며 가장 뛰어난 기술을 가지고 있다는 걸 앞세워 다른 나라에서 등장한 미세먼지 인간들까지 전담 관리했다. 그후로도 몇 명의 미세먼지 인간이 등장하고 사라졌다.

미국은 누구보다도 많은 연구 자료를 바탕으로 미세먼지 인간에 대한 연구 결과를 발표했다. 사람이 갑자기 미세먼지로 변이했을 때, 변이자를 중심으로 그 일대의 미세먼지농도 수치가 0이 되고 변이자가 숨을 쉬는 것만으로도 공기정화가 된다는 것이다. 미세먼지로 인해 지구의 수명이 얼마 남지 않은 이 시점에 이런 신인류가 등장하는 건 영웅이 탄생한 것과도 같다고 했다. 미국에서는 따로 신인류 센터를 만들어 이를 관리할 것이며 앞으로도 많은 지원을 할 것이라고 밝혔다.

실제로 한 미세먼지 인간은 백악관에서 머물며 그 일대를 청정 구역으로 만들었고, 미세먼지가 극심해 한 치 앞도 볼 수 없는 지역으로 가 미세먼지 수치를 천천히 낮추었다. 사람들은 특별한 능력을 가진 영웅이 등장했다며 열광했다.

미세먼지 인간은 인간의 3대 욕구인 수면욕, 식욕, 배설욕에 영향을 받지 않는다. 호흡을 하면 미세먼지 수치를 0으로 떨어뜨리고 숨을 쉬지 않아도 죽지 않는다. 신체 일부가 사라져도 호흡을 하면 다시 재생한다. 능력에 따라 신체가 복구되는 시간은 다르지만. 일정 시간이 지나고 온몸이 완벽하게 미세먼지화되면 어느 정도의 충격을 가해도 죽지 않는다. 칼에 찔려도 교통사고를 당해도 고통을 느끼지 않는다.

심각한 미세먼지에 맞서는 히어로가 나온 것인가, 이들을 인간으로 생각해야 할 것인가 하는 말들도 많았다. 죽어도 죽지 않는 존재, 좀비라고 말하는 사람들도 있었다. 미세먼지 인간을 두고 종교계에서는 신의 저주를 받았다고 말하기도 했고, 인간을 불쌍히 여겨 신이 보낸 기적이라고 말하는 이들도 있었다. 영화 같은 일이 현실에 나타났다고 즐거워하는 사람, 세상이 멸망할 징조라며 두려워하는 사람, 이런 능력이 생겨 유명해지고 싶다는 사람……. 정말 다양한 반응들이 파도처럼 밀려오고 밀려갔다.

미국을 여행하던 한국인도 변이를 한 적이 있었다. 정부는 미세먼지 인간의 귀환을 요청했으나 미국은 변이자가 언제 안정화될지 모르며 자국에 훨씬 더 많은 연구 결과가 있으니 맡기라는 말과 함께 귀환 요청을 거절했다. 변이자는 함부로 움직일 수가 없으니 정부가 할 수 있는 건 없었다. 결국 그 한국인은 뉴욕 한복판에서 모든 미세먼지를 흡수하다가 부서졌다.

미국에서는 그 사람이 스스로 부서졌다고 했지만 신뢰할 수 있는 건 아니었다. 안정화가 되기 전에 누군가가 돌을 던졌는지, 지나가는 바람결에 사라졌는지, 걸어가다가 넘어진 건지는 모를 일이었다. 다만 그는 한국인이었고, 미국에 좋은 일만 하고 사라졌다. 한국에서 한국인이 변이하기도 했지만, 그 사람 또한 부서지고 말았다.

최초의 미세먼지 인간이 활약했던 것과 너무 대비되는 상황에 한국인들은 정부를 거세게 비판했다. 미세먼지 인간으로 변이해도 미국으로 이민 가야겠다며 빈정거리는 말도, 남 좋은 꼴만 시켰다며 외국에 가는 걸 한시적으로나마 막아야 하는 게 아니냐는 말도 있었다.

정부는 대국민 사과를 하며 다음 미세먼지 인간이 등장하면 최선을 다해 지원할 것이라는 약속과 함께 미세먼지 변이 담당 부서를 만들었다. 한국에는 몇 명의 변이자가 안정화를 거쳐 활동하고 있다지만 정확한 사실은 알 수 없었다.

미세먼지 인간은 숨을 쉬는 것만으로도 청정 구역을 만들기 때문에 돈이 많은 사람은 변이자가 자신의 집 근처에 살기를 원했다. 거주할 수 없다면 집 주변을 자주 순찰해주길 원했다. 몇몇 사람은 미세먼지 인간의 가족들을 모두 집으로 초대해 성대하게 대접하고는 했다. 가족들을 초대하면 미세먼지 인간도 같이 와서 호흡을 해주니 미세먼지 수치가 낮아지고 공기가 청량해졌다. 미세먼지 인간, 그 가족, 그 주변 사람들은 부자에게나 좋은 사람들이었다.

미세먼지 인간을 위한 법안도 제정되었다. 가장 대표적인 게 세금 면제다. 미세먼지 인간의 직계가족은 50퍼센트 세금 감면과 대학 등록금 무료, 각종 할인 혜택 등 미세먼지 인간이 가족임을 알리면 바로 각종 편의를 받는다. 비싼 집, 많은 월급, 미세먼지 인간을 위해 특수 제작한 맞춤옷, 미세먼지에 특화된 핸드폰과 노트북을 비롯한 전자기기, 미세먼지농도 수치 안정화를 위한 지원금 등. 변이자 본인뿐만이 아니라 가족까지도 돈 걱정 없이 편하게 살 수 있었다.

그러나 미세먼지 인간은 다른 사람과 접촉할 수 없었다. 특수 제작 맞춤옷을 입고 잠깐 손을 잡거나 포옹을 할 수 있지만, 상대의 온기는 느끼지 못한다. 오히려 사람과 일정 간격을 유지해야 한다. 맛있는 음식이나 좋은 침대도 필요 없다. 잠을 자지 않아도 상관없지만, 사람인 이상 잠을 자야 한다며 시간 맞춰 잠을 청하는 미세먼지 인간도 많았다. 잘 때는 의식적으로 숨을 쉴 수가 없으니 공기가 통하지 않는 침낭이나 밀폐된 공간을 마련해 그 안에 있어야 했다.

미세먼지 인간이 부자들만을 위한다며 시위하는 걸 봐도 별생각 없었다. 어차피 나와는 상관없는 사람들이었다. 미세먼지 인간이 등장하기 전이나 후나 크게 달라지는 건 없었다. 창문을 열어 환기하지 못하고, 공기청정기 세 대를 번갈아 가며 끊임없이 작동시키고, 외출할 때는 얼굴을 감싸는 미세먼지 전용 마스크를 썼다. 외출하고 집에 오면 현관에 있는 공기청정기를 작동시켜 옷을 턴 후에 공기청정기에 파란불이 들어와야 중문을 열어 집 안으로 들어올 수 있는 건 그 전이나 지금이나 여전했다. 번거롭지만 이게 일상이었다. 지금까지 살아온 대로 앞으로도 그럴 거라고 생각했다.

나는 언니를 사랑한다. 잠을 잘 때마다 언니가 해주는 팔베게,

요리하는 언니를 뒤에서 껴안을 때마다 새어 나오는 웃음, 머리카락이 앞을 가릴 때마다 귀 뒤로 넘겨주는 손길, 영화를 볼 때 팝콘 상자 안에서 얽히는 손가락……. 나에게 중요한 건 언니와 함께 있는 시간이었다. 퇴근하고 집에 온 언니에게 저녁을 차려주고, 야근하고 오면 야식도 챙겨주고, 일주일에 두어 번 욕조에 따뜻한 물을 받아 같이 씻고, 맥주를 마시며 집에서 영화를 보는 일상. 나는 행복했다. 사람들에게 우리가 사랑하는 사이라며 당당하게 말할 수는 없었지만 정말 행복했다.

그런데 내가 왜 이 모습인 걸까. 언니는 왜 가만히 누워만 있는 거지?

아르바이트 시간이 돼도 출근하지 않자 핸드폰으로 몇 번 연락이 왔으나 받을 수가 없었다. 핸드폰은 내 손을 인식하지 못했다. 일렁이는 몸뚱이를 끌어안고 천천히 숨을 들이마시고 내쉬었다. 들이마시는 숨에 눈에 보이지 않는 미세먼지가 빨려 들어와 몸속에 쌓이는 게 느껴졌다. 내뱉는 숨은 미세먼지가 하나도 없는 맑은 공기였다.

내 숨소리조차 들리지 않는 고요한 방 안이었다. 언니의 가슴팍이 마치, 출근하기 전에 내 잠을 깨울까 조심스럽게 하는 입맞춤처럼 그렇게 여리고 사라질 듯 움직이는 걸 봐서 다행이었다. 그러지 않았다면 어떻게 됐을까. 울고 싶었지만 눈물이 나오지 않았다. 그저 눈물이 터져 나오듯 숨을 터뜨렸다. 조금씩 숨을 들이마실 때마다 내 몸을 통과해 반대편이 훤히 보일 정도로 흐릿한 몸이 점점 진해지는 것 같았다. 이렇게 있다 보면 언니 위를 덮고 있는 먼지도 내가 다 흡수할 수 있지 않을까, 하는 생각이 들었다. 손을 뻗어 언니의 얼굴을 매만지고 싶었다. 머리카락 사이로 손가락을 넣어 살살 먼지를 털어내고, 오늘은 내가 먼저 일어났다고 자랑하며 볼에 입 맞추고 싶었다.

그러나 지금 언니와 같은 공간에 있으면서 나만 계속 숨을 쉬는 게 좋은 건지, 같이 있으면 상황이 오히려 더 나빠지는지 알 수 없었다. 사람이었을 때는 무의식적으로 숨을 들이마시고 내뱉었는데, 미세먼지가 되니 의식하고 집중하지 않으면 숨을 쉬지 않고 있었다. 그게 못내 서럽고 두렵고 혼란스러웠지만 지금은 그런 감정들을 넘겨야만 했다. 조금씩 천천히 호흡하면서 언니를 깨우는 것에만 매달렸다.

의식적으로 하는 호흡은 무언가 이상했다. 코로 숨을 들이마시면 공기가 폐로 들어와 가슴이 꽉 차는 느낌이 들지 않았다. 밖에 있는 먼지를 몸의 중심으로 잡아당기는 것 같았다. 보이지 않는 미세한 것들이 내게 달라붙어 나를 형성하고 있었다. 이것도 피부라고 할 수 있는지는 모르겠지만, 일렁거리는 피부에 미세먼지가 닿아 간지러운 것 같다는 감각까지 들었다. 이제 간지러움이나 따스함, 시원함, 저릿함, 따가움 이런 감각들은 느끼지 못할 텐데도.

그때 아파트 관리사무소에서 방송을 하려는지 스피커에서 알림 음이 들렸다.

"아아, 아파트 관리사무소에서 알립니다. 지금 이 일대를 덮는 청정 구역이 발생했습니다. 혹시라도 아파트 주민 여러분 중 미세먼지 인간으로 변이하신 분이 있다면 신호를 주십시오. 경찰관과 소방관분들이 이 일대를 순찰하고 있으니 도움이 필요하시면 소리를 질러주시기 바랍니다. 곧 한국미세먼지연구소에서도 연구원들이 오신다고 하니, 변이하신 입주민께서는 너무 걱정하지 마시고 침착함을 유지해주시기 바랍니다. 입주민 여러분께서도 내 이웃이 변이하여 신호를 주는 건 아닌지 귀 기울여주시기 바랍니다."

같은 말을 똑같이 반복하고는 방송이 끝났다. 소리를, 소리를 질러야 하는 걸까? 언니를 살려달라고? 그럼 살 수 있나? 나는 어떻게 되는 거지? 언니는? 아무것도 알 수 없었다. 국가의 인증을 받은 미세먼지 인간은 미세먼지 공무원이 되어 많은 월급을 받고 나라를 위해 일한다거나 대기업에서 더 많은 월급을 주고 고용하거나 그도 아니면, 남모르게 어떠한 실험 대상이 된다거나……. 알 수 없었다. 미세먼지 인간은 너무 적었고 한국에서도 몇몇 사람이 변이했으나 대부분 사라졌다. 남은 건 깨끗한 공기뿐이었다. 미세먼지 인간들은 주변의 모든 미세먼지를 흡수하고 인간으로 형상화했다가 부서지고 사라지기 일쑤였다.

주먹을 쥐고 힘을 주자 모래가 바스라지듯 검지가 사라졌다. 손가락이 사라진 게 아니라 손가락을 이루고 있던 먼지가 사라진 것뿐이라 젤네일만 허공에 떠 있었다. 숨을 쉬니 잘린 부위에 흐릿하게 형체가 생겼다. 마치 햇살 아래 일렁이는 먼지가 보이듯, 연약하고 덧없는 모양새였다. 주먹을 쥐고 벽을 치자, 손이 사라진 것처럼 보였다. 숨을 쉬니 다시 흐릿한 형체가 생겼다. 손날을 세워 어깨를 가로질렀다. 걸리는 것 없이, 마치 두부를 자르듯 어깨 사이로 부드럽게 손이 들어갔다. 어깨 아래로 아무것도 보이지 않았다. 숨을 계속 쉬자 왼팔의 형체가 희미하게 생겼다. 아프지는 않았다. 아프지가 않았다.

언니에게로 쏟아지는 햇볕이 따가워 보였다. 해가 정중앙에서 서쪽으로 넘어가기 시작하면 방 안으로 햇빛이 환하게 들어왔다. 미세먼지 때문에 창문을 열 수는 없지만, 에어컨을 틀고 누워 있으면 몸은 따뜻하고 공기는 시원해서 따로 피서를 가지 않아도 충분할 정도로 좋았다.

그러나 아직 에어컨 청소를 하지 않아 에어컨을 켤 수가 없었다. 언니는 더위를 많이 타니까. 계속 햇볕을 맞으면 땀을 뻘뻘 흘리며 투덜거릴 터였다. 커튼을 쳐주고 싶었다. 언니의 단잠을 방해하는 햇볕을 가려주고 싶었다. 조심스럽게 걸음을 옮겨 커튼을 잡으려고 했으나 손가락이 부서져 사라졌다.

나는 언니 앞에 멍하니 섰다. 내 몸을 투과한 햇살이 보석처럼 반짝거리며 언니를 어루만졌다. 나는 손을 들어 언니의 머리를, 뺨을, 어깨를 쓰다듬는 시늉을 해보았다. 그림자마저 흐릿해서 웃을 수밖에 없었다. 울지는 못하지만 웃을 수는 있으니까.

바깥에서 소란스러움이 느껴졌다. 경찰차와 소방차, 그 외 차들이 아파트 쪽으로 몰려들고 있었다. 이 지역의 모든 경찰관과 소방관이 출동한 게 아닐까 싶었다. 다른 곳에 무슨 일이 생기면 어쩌려고 그러는지 걱정될 정도였다. 그만큼 미세먼지 인간의 등장이 중요한 일이라는 걸까.

이미 이 일대는 사람들로 가득했다. 나들이를 온 듯 아스팔트 바닥에 돗자리를 깔고 누운 사람, 오토바이를 탄 배달부들, 뛰어오는 아이들, 더 신나게 뛰는 개들이 보였다. 지금도 이쪽으로 오는 차들이 보였다. 도로가 주차장처럼 변해서 결국 차를 갓길에 세워둔 채 걸어오는 이들도 있었다. 저 아래에는 경찰, 국회의원, 부자, 노동자 등 많은 사람이 있겠지만 위에서 내려다보니 다 고만고만했다. 경찰차, 소방차, 검은 차, 하얀 차도 다 장난감 같았다. 아이들의 웃음소리와 개가 짖는 소리만 경쾌하게 들렸다. 가만히 내려다보고 있는데 다시금 안내 방송 알림음이 들렸다.

"아아, 아파트 관리사무소에서 알립니다. 지금 경찰관, 소방관, 국회의원님들도 오셨으며 뒤이어 서울에서 연구원들이 올 예정입니다. 입주민 여러분께서는 놀라지 마시고 협조해주시기 바랍니다. 어떻게 해야 할지 모르는 입주민께서는 댁에 방문한 경찰관, 소방관의 말씀에 따라주시면 됩니다. 빈집에는 다시 방문할 예정이오니, 입주민 여러분께서는 평소처럼 있으시면 됩니다."

평소처럼? 평소라면 난 집에 없었다. 카페에 출근해서 열심히 샷을 뽑고 있겠지. 웃으면서 손님을 맞이하고 진상 손님에게 한

이달의 네일 87

껏 죄송하다 허리를 숙이고 틈이 나는 대로 언니와 연락하고 있어야 했다. 언니는 쉬는 날에도 부지런해서 무언가를 하고 있을 터였다.

언니는 요즘 웨딩드레스를 만들었다. 여러 가지 문양의 레이스와 여러 가지 색의 조화, 여러 가지 큐빅을 놓고 바닥에 원피스를 깐 다음 레이스와 보석과 조화를 이리저리 배치하며 사진을 찍었다. 그러다가 지치면 공기청정기 필터를 체크하고, 집에 남은 필터가 얼마나 있는지 확인하고, 인터넷으로 생필품을 주문하고, 냉장고 청소를 하고, 커피와 예쁘게 플레이팅한 디저트 사진을 찍어 SNS에 올리고, 공기정화식물에 물을 주고, 허브를 매만지며 평화롭고 안온한 시간을 보내야 했다.

몇 시간 동안 언니 앞에 서서 햇빛을 가리고 있었는데도 피곤하거나 다리가 아프지 않았다. 배고프지도 목마르지도 않았다. 눈을 깜박이지 않아도 눈이 아프거나 눈물이 고이지도 않았다. 그래서 몇 시간 동안 언니만 바라볼 수 있었다. 그건 좋았다. 그러나 만질 수 없었다. 일정 거리를 유지해야만 했다. 그건 슬프고 괴롭고 힘들었다. 언니 위로 쌓인 먼지가 줄어들었다는 것만이 유일하게 위안이 되었다.

경찰관이든 소방관이든, 이곳에는 언제 찾아올까. 찾아오면 나는 어떻게 해야 할까. 언니는 아무것도 입지 않았고, 나는 팬티와 티셔츠만 입고 있었다. 경찰관이 이 모습을 본다면 무슨 생각을 할까. 언니는 어떻게 하기를 원할까.

언니는 자신이 레즈비언이라는 사실이 알려지는 걸 죽기보다 싫어했다. 언니는 정상과 평범을 위해 모든 걸 쏟아붓는 것 같았다. 남들이 보기에 우리는 아무런 관계도 아니었다. 그저 옆집에 사는 이웃. 그게 다였다.

나는 다른 사람들에게 별 관심이 없어서 엘리베이터를 같이 타더라도 인사를 하지 않고 핸드폰만 들여다봤다. 엘리베이터를 먼저 타서 문이 닫히길 기다리다가 아파트 입구에 누군가가 헐레벌떡 달려오면 열림 버튼을 누르고 있을 만큼의 사교성만 있어서, 누군가와 말을 섞는 건 특별한 일이었다. 언니와 사귀고 있는 것도, 언니가 매우 밝고 사교적이며 특별한 사람이었기에 가능했다.

언니는 아파트 입구나 엘리베이터에서 같은 아파트에 사는 사람을 만나면 밝게 인사했다. 아이를 보면 귀엽다며 안녕, 하고 인사를 했고 이웃 할머니를 아침에 마주치면 아침부터 어디 가시냐며 안부를 물었다. 언니가 혼자 사는 걸 알고 반찬을 주는 분도 있었다. 언니는 확실히 어른들이 좋아하는 싹싹하고 애교 있는 며느리상이었다. 이웃 주민들이 오며 가며 애인은 있냐, 결혼은 언제 하냐 물으며 선을 침범해도 언니는 웃으면서 대답했다.

애인 없어요. 없으면 내가 소개시켜줄까, 내가 아는 애 중에 대기업 다니고 키도 크고 착한 애 있는데. 애인 있어요. 누구냐, 집까지 데려다준 적도 없는 놈을 뭐 하러 만나냐, 내가 아는 애 중에 술도 안 마시고 담배도 안 하는 건실한 애가 있는데…….

몇 번은 소개팅을 한 적도 있었다. 나는 싫었지만, 알았다고 대답할 수밖에 없었다. 악몽에 시달리다가 한밤중에 깨는 언니를 알았으니까. 그게 언니가 평범한 삶을 유지하는 방법이라면 받아들여야 했다.

언니가 소개팅을 하는 동안 나는 내 집에서 혼자 라면을 끓여먹고, 화장실을 청소하고, 그러다가 넷플릭스에서 보고 싶은 영화를 고른 후 사진을 찍어 언니에게 전송했다. 오늘은 떡볶이의 날이야. 그러면 언니는 내가 좋아하는 가게의 떡볶이와 튀김과 김밥을 사서 한껏 미안한 표정을 지으며 내 집의 벨을 눌렀다. 나는 언니 손을 잡고 앞집으로 건너가 투덜거리면서도 언니의 옆에서 떨어질 줄을 몰랐다.

때로는 내가 소개팅을 한 적도 있었다. 건너 건너 아는 사람이 관심 있냐며 전해온 소개팅이었다. 나는 거절하려 했으나 언니가 한 번만 만나보는 게 어떻겠느냐고 물었다. 이런 게 일상을 유지하는 데 도움이 된다고, 하루만 고생하면 당분간 편하게 지낼 수 있다고, 네가 싫으면 하지 않아도 된다고 말했지만 나는 소개팅을 받겠다고 고개를 끄덕였다. 언니를 지키기 위한 방법이라면 감수할 수 있었다. 언니는 겁이 많았으니까.

몇 번의 소개팅과 몇 번의 선, 가벼운 만남, 진지한 만남. 그 끝은 모두 거절이었다. 그 누구도 우리가 서로 사랑하는 사이라는 걸 짐작하지 못했다. 그거면 됐었다.

그렇게 지켜온 이 관계가 지금 밝혀질 위기에 처했다. 그것도 나 때문에. 그것이 무척이나 괴롭고 서글펐다. 언니에게 옷을 입혀주고 싶었다. 위아래 세트인 잠옷을 입혀주고, 목까지 이불을 덮어주고, 덥지 말라고 에어컨을 틀어주고 싶었다. 그 후에 내 집으로 건너가 혼자이고 싶었다. 그러나 나는 아무것도 할 수 없었다. 누군가가 벨을 누르는 이 순간에도, 아무것도 할 수 없었다.

몇 번 더 끈질기게 벨을 누르다가 아무도 없는 빈집이라 생각했는지 앞집 벨을 누르는 소리가 들렸다. 그러나 앞집에도 사람이 없기는 마찬가지였다. 언제 다시 오려나. 오늘 저녁? 아니면 내일 저녁? 월요일 아침? 어쩌면 수시로 찾아올지도 모르겠다. 그냥 다 모르겠다. 언니를 안고 싶다. 언니에게 안기고 싶다. 언니의 심장소리를 들으면서 잠을 자고 싶다. 피곤했지만 잠이 오지 않았다. 아니, 이제는 잠을 잘 수가 없다. 잠도 오지 않고, 장시간 호흡을 하지 않으면 몸이 점점 사라질 것이다. 어디에서도 밝혀지지 않은 사실이지만 자연스럽게 알 수 있었다. 이런데도 미세먼지 인간이 과연 인간인가? 나는 과연 언니가 사랑했던 사람이 맞나? 언니에게 묻고 싶었지만 언니는 아직도 자고 있었다.

어느새 해가 지고 어두워졌다. 밖을 내려다보니 여기저기에 텐트가 쳐져 있었다. 내일이 일요일이니 여기서 잠까지 잘 모양이었다. 치킨 시키신 분! 족발 시키신 분! 피자 시키신 분! 여기저기서 배달부가 음식을 들고 돌아다니고 있었다. 언니도 자고 일어나면 배고플 텐데.

언니는 잠자는 숲속의 공주 같았다. 언니를 덮고 있던 먼지들이 다 사라졌는데도 언니는 깨어나지 않았다. 내가 왕자님이 아니라서 깨어나지 않는 걸까. 조금 더 선명해지고 단단해진 손가락을 조심스럽게 매만졌다.

그때 언니가 살짝 몸을 뒤척였다. 첫 움직임이었다. 너무나 감격스럽고 기뻐 눈물이 나올 것만 같았다. 눈물이 나오진 않았지만, 그런 기분이었다. 언니에게 가까이 다가가고 싶었으나 창가에서 물러나 더 안쪽으로 뒷걸음질했다. 어두워서 내가 보이지 않도록. 구석에 가만히 앉아 있었다.

언니가 눈을 떴는지 안 떴는지 모르겠다. 너무 어두워서 보이지 않았다. 이렇게 하면 어둠 속에서도 잘 보일 줄 알았는데 그건 아니었다. 언니가 눈을 뜨면, 코앞에서 눈을 마주치고 볼을 쓰다듬고 잘 잤냐고 인사하고 싶었다. 사랑하는 사람이 내 옆에서 자다가 일어나자마자 나를 바라보며 웃는다는 게 얼마나 행복한지 알아서 더 서글펐다.

"……하늘아?"

금방이라도 꺼질 것같이 작은 목소리였다. 온 신경을 쏟고 있지 않으면 놓칠 만큼 희미한 부름이었다. 나는 밝은 목소리를 내려 노력했다.

"잘…… 잤어? 몸은 어때?"

"응. 너도 잘……, 큼, 잤어? 왜 이렇게 어두워? 아직 새벽이야?"

아무 말도 하지 않자 이상함을 느낀 언니가 침대에서 일어났다. 몸에 힘이 잘 안 들어가는지 몸을 지지하던 팔이 꺾여 휘청거렸다. 당장이라도 곁으로 가서 안아주고 싶었지만 참아야 했다. 팔을 감싼 손에 힘을 주자 잡은 모양 그대로 움푹 들어갔다. 조금만 더 힘을 가하면 팔이 떨어질지도 모르겠다. 언니가 날 어떻게 볼까 겁이 났지만, 가만히 있었다. 언니는 침대 헤드에 몸을 기대고 앉아 크게 숨을 들이마시고 내쉬었다. 들이마시고, 내쉬고, 다시 들이마시고, 내쉬는 소리가 다 들릴 정도로 언니에게 집중했다. 숨을 쉴 때마다 오르락내리락하는 가슴에 안도감을 느꼈다.

"아니, 토요일 저녁이야. 언니 하루 종일 잤어. 어디 아픈 곳은 없어?"

"뭐? 내가 하루 종일 잤다고? 너 아르바이트 가는 것도 못 보고 잤네. 미안, 일 잘 갔다 왔어? 오늘은 진상 손님 없었어?"

언니는 다정했다. 하루 종일 잘 만큼 피곤한 상태라는 것보다 나를 먼저 걱정해줬다. 목도 잠기고 허리가 아플 텐데도 나를 먼저 생각했다. 그것이 기뻐서 무슨 말을 해야 할지 모르겠다.

"오늘 아르바이트 못 갔어."

"왜? 나 때문에? 아니면 어디 아파? 무슨 일이야, 응?"

무슨 말을 어떻게 꺼내야 할지 모르겠다. 이런 나를 보고 언니는 무슨 생각을 할까? 우리는 어떻게 되는 걸까? 도망가고 싶었으나 도망갈 수도 없었다. 몸이 아직도 불안정해 문고리를 잡아 열 수 없었다. 내가 할 수 있는 건 아무것도 없었다. 망설임에 입술만 달싹이고 있는데 언니가 핸드폰 앱으로 안방 불을 켰다. 뒤이어 비명이 갑작스레, 당연하게 터졌다.

높고 찌르는 목소리에 온몸이 떨렸다. 팔을 뒤덮은 먼지들이 허공으로 파스스 흩어졌다가 다시 달라붙었다. 그것 말고는 귀가 아프지도 않고 심장이 거세게 뛰지도 않았다. 비명이 어둠을 타고 창밖으로 나갔는지 "어딘가에서 비명이 들렸다!" 하는 외침이 들려왔다.

"지금, 지금 이게 뭐, 뭐야? 너, 그거 된 거야? 변이인가 뭔가 하는 그거야?"

"그런가 봐."

언니는 일정한 간격을 유지했다. 내게 가까이 다가올 듯 손을 뻗었다가도 다시 거둬들였다. 걱정과 공포가 뒤섞인 이상한 표정이었다. 이리저리 흔들리는 언니의 시선이 내 눈만은 바라보지 않았다. 그게 서글프면서도 이 정도면 됐지, 하는 생각도 들었다. 당장 도망치지도 않고 괴물이라고 손가락질하지도 않았다. 그냥, 그냥 놀라서 비명이 나온 거다.

나는 눈을 깜박이고 숨을 쉬고 고개를 이리저리 돌리고 두 손을 맞잡은 언니를 바라보고, 언니는 내 어딘가를 혹은 내 뒤의 벽을 응시한 채 아무 말도 하지 않았다.

"그…… 아프거나 그러지는 않아?"

"응, 아프지는 않아."

언니는 두 눈을 감고 숨을 크게 들이마시고 내쉬었다. 나는 혹시라도 언니가 미세먼지를 마실까 끊임없이 호흡했다.

언니가 깨어나는 것에만 집중할 때는 몰랐지만, 호흡을 한다는 건 꽤 귀찮은 일이었다. 언니와 대화를 하거나 다른 생각을 하고 있으면 호흡이 멈췄다. 정신을 차리면 몸이 조금씩 흩어지고 있었다. 이래서 많은 미세먼지 인간들이 사라진 게 아닐까 싶을 정도였다.

"갑자기 이게 무슨 일이야? 뭘 어떻게 해야 해? 내가 도울 수 있는 게 있어……?"

너 같은 괴물에게 내 도움이 필요하냐는 뜻으로 들리는 건 내 착각이고 자격지심이다. 알고 있다. 다만, 내가 이제는 보통 사람이 아니니까, 언니가 날 어떻게 생각할지 두려웠다. 많이 놀랐을 텐데 괜찮냐고, 얼굴을 쓰다듬고 안아주고 싶은 마음이 사라지지 않아 심장이 옥죄이는 느낌이었다. 이제 그럴 심장이 없으면서도.

"언니는 괜찮아? 숨 쉬는 게 불편하지는 않아?"

"어? 어. 나는 괜찮아."

"정말 괜찮아? 내가 일어났을 때 언니, 언니가 제대로 숨을, 내가, 너무 놀라서, 언니가 안 일어나서, 얼마나, 얼마나……."

목소리가 떨리고 말을 더듬거렸지만 울음이 섞이지는 않았다. 코가 막히거나 눈에 열이 몰리지도 않았다. 그저 떨리는 목소리로 더듬거리면서 무슨 일이 있었는지 말했다. 언니는 내 말을 듣고 놀라 몸이 굳더니 표정 관리가 되지 않는 듯 아예 벽을 보고 섰다.

"내가 죽을 뻔했다고……."

"미안해, 정말 미안해."

언니에게 사과를 했지만 돌아오는 답은 없었다. 주먹을 강하게 쥐자 손안에서 손가락이 흩어졌다가 붙기를 반복했다. 한참 동안 아무 말이 없었다. 사람들이 비명이 들린 곳을 찾아다녔는지 벨 소리와 함께 쿵쿵 문을 두드리는 소리가 들렸다.

"계세요? 경찰입니다. 혹시 비명을 지르지 않으셨나요?"

언니는 가만히 있다가 옷을 껴입고 성큼성큼 방 밖으로 나갔다. 그러면서도 방문은 조심스럽게 닫아주었다. 그 행동에 언니가 어떤 말을 하고 어떤 선택을 하더라도 괜찮을 것 같다는 생각이 들었다. 다 괜찮을 거라고. 그냥, 다.

"무슨 일 있으십니까?"

"아, 죄송해요. 바퀴벌레를 보고 너무 놀라서 비명을 질렀어요. 정말 죄송합니다."

"바퀴벌레요? 정말입니까? 다른 일이 있는 건 아니고요?"

"네, 정말 죄송해요. 마실 거라도 드릴까요?"

"괜찮습니다. 혹시 앞집 분이 언제쯤 오시는지 아십니까?"

"아…… 저는 잘 모르겠어요."

"알겠습니다. 무슨 일 있으면 주저하지 말고 알려주세요."

"신경 써주셔서 감사합니다. 조심히 가세요."

현관문이 닫히는 소리가 들렸다. 언니는 방으로 바로 들어오지 않았다. 난 이 방에서 한 발자국도 움직이지 않은 채 계속 이렇게 있을 수 있다. 먹지도 마시지도 않고, 화장실에 가지도 않을 것이며 잠을 자지 않아도 괜찮다. 고통이나 피곤함을 느끼지도 않는다. 아르바이트도 일도 그만둔 채 언제까지고 이 방 안에서 살 수 있었다. 내 몸을 유지할 수 있을 만큼의 호흡만 하면 괜찮을 것이었다.

언니는 다를 터였다. 만질 수도 안을 수도 없는, 회색빛의 괴물과 같이 살 수 있을까. 같이 산다고 해도 문제였다. 미세먼지 인간의 가족은 세금을 비롯해 각종 혜택을 받는다. 그저 그 지역에 살고 있기만 해도 지원금이 나오고 대학도 무료로 다닐 수 있다. 미세먼지 인간의 가족이라면.

우리는 가족이 아니었다. 그저 옆집에 사는 이웃이었다.

내가 이 집에서 발견되고, 기사화되고, 미세먼지 인간으로 활동을 한다면? 아무리 언론을 통제하고 정보를 막아도 입에서 입을 통해 나에 대해 알려질 것이다. 내가 점점 유명해지면 관심이 쏠리고 일거수일투족을 관찰당할지도 모른다. 그러면 평범함을 가장하려고 악착같이 노력하는 언니가 과연 내 옆에 계속 남아 있을까? 언니를 안아줄 수도, 눈물을 닦아줄 수도 없는 내가 옆에 있어 달라고 애원할 수 있을까?

문밖에서 언니가 이리저리 걷는 소리, 정수기에서 물을 따르는 소리, 다 마셨는지 컵을 닦는 물소리가 들렸다. ……깊게 내뱉는 한숨 소리도.

고개를 돌리자 하얀색 원피스가 보였다. 그 누가 봐도 웨딩드레스 같지는 않은, 단정하고 특색 없는, 그저 하얀색이기만 한 원피스. 언젠가 셀프 웨딩을 하자고 농담처럼 말한 언니는 그때 입을 웨딩드레스를 직접 만든다고 이것저것 사서 가끔 바닥에 늘어놓고 꾸몄지만, 그건 그냥 일종의 취미였다. 컬러링 북, 페이퍼 아트, 프랑스자수 같은……. 그동안 해왔던 취미처럼 금방 구석에 처박힐 그런 것. 조화로는 집을 꾸미고, 큐빅으로는 액세서리를 만들고, 레이스로는 에코백을 장식할지도 모르겠다. 새로운 취미를 시작할 때 재료비를 아낄 수 있어서 좋다고 할 수도 있겠지.

손이 단단해지기를 바랐다. 그러자 몸 안에서 무언가가 꾸물거리며 손으로 향하는 게 느껴졌다. 몸이 날아갈 듯 연해진 대신 손이 무언가를 잡아도 부서지지 않을 정도로 단단해졌다. 그 손만을 써서 옷을 벗었다. 티셔츠 하나, 팬티 하나가 바닥에 덩그러니 떨어졌다. 귀걸이나 반지, 목걸이, 팔찌, 발찌. 그 어떤 액세서리도 없었다. 어차피 언니 집에 내 물건은 하나도 없었다. 이 옷도 언니 것이었다. 필요한 게 있으면 내 집으로 건너가서 해결했었으니까. 그게 참 다행이었다.

창문을 열었다. 한 뼘도 안 되게 열었는데 너무 힘을 주었는지 손가락 몇 개가 사라졌다. 다시 집중해서 손을 단단하게 하고 창문을 활짝 열었다. 호흡을 몇 번 하자 다시 손가락 형체가 불투명하게 생겼다. 그러다 이제 호흡이 무슨 상관인가 싶어 멈추었다. 손의 형태 안에서 먼지가 별처럼 반짝였다. 어디선가 본 우주처럼 먼지가 너울거리고 빙글빙글 돌더니 산개했다.

웃음이 나왔다. 고통 없이 죽는 것. 많은 사람이 꿈꾸는 일을 나는 할 수 있었다. 죽기 전에 이렇게 아름다운 광경을 볼 수 있다는 것도 괜찮았다. 맞아, 또 언제 이렇게 파란 하늘 아래를 날아보겠어. 나는 가뿐하게 뛰어올랐다. 시야 가득 새파란 하늘이 보였다. 아, 이렇게 맑을 때의 공기를 느껴보지 못한 건 아쉽다.

"아!"

"왜 그래?"

"머리에 뭐가 떨어졌어. 이게 뭐지?"

"응? 젤네일인데? 이게 왜 하늘에서 떨어진 거지?"

"어, 이거 내가 한 거랑 색만 다른데? 같은 숍 다니는 사람이 이달의 네일 받았나 보다."

"젤네일이 이렇게 떨어진다고? 너 숍 바꿔야겠다."

"그런가……. 아! 치킨! 여기요! 저희가 시킨 거예요!"

"도와주세요! 먼지괴물이 나타났어요!"

TV 화면 속에는 마스크로 얼굴 전체를 가렸어도 콜록거리며 괴로워하는 아이들이 있었다. 고개를 이리저리 돌리면서 큰 목소리로 주변에 도움을 요청하고 있었으나 달려오는 사람이 아무도 없었다. 뿌연 안개 사이로 몇십 년 동안 쌓인 먼지로 빚어낸 듯한 괴물이 나타났다. 크하하하 괴물의 비열한 웃음소리와 함께 먼지가 폭죽처럼 터졌다. 괴물이 아이들 가까이 다가가는 순간 미세먼지를 가르며 청명한 하늘빛 제복을 입은 남자가 등장했다.

"미세먼지맨이다!"

미세먼지맨이 바닥에 발을 딛고 우뚝 서자, 시야를 가릴 정도로 뿌옇던 공기가 깨끗해졌다. 아이들은 마스크를 벗고 눈물을 닦으며 환호했다.

진한 회색빛의 이목구비. 눈동자는 검은색이었으나 흰자엔 연한 회색이 감돌고 머리카락은 연한 회색부터 검은색까지 다양한 색이 섞여 있었다. 손끝부터 발끝까지 파란 유니폼이 덮여 있어서 보이는 건 얼굴뿐이었으나 온몸은 회색일 것이다. 전체적으로 미세먼지를 뭉쳐 사람 형상을 만들어낸 것 같은 모습이었다.

"미세먼지맨 출동! 이 세상의 미세먼지를 다 없애버리겠다!"

"크하하, 어림없는 소리! 세상을 미세먼지로 멸망시키겠다!"

괴물과 주고받은 짤막한 대화를 끝으로 미세먼지맨의 발차기와 함께 유치한 액션이 시작됐다. 서로 공격을 치고받다가 미세먼지맨의 필살기—깊게 숨을 내뱉고 크게 숨을 들이마시는 공격—에 악당의 몸이 서서히 무너지더니 결국 미세먼지맨의 몸속으로 사라져갔다.

"이 세상에 미세먼지가 존재하는 한 언제고 다시 나타날 것이다!"

그 말을 마지막으로 괴물과 함께 공기 중 미세먼지가 미세먼지맨에게 빨려 들어가더니 새파란 하늘이 돌아왔다. 아이들은 두 눈을 반짝거리며 미세먼지맨 멋있어요! 최고예요! 고맙습니다! 하고 외쳤다. 미세먼지맨도 이제 괜찮다, 맑은 하늘은 내가 지킨다는 말을 남겼다. 그러나 아이들과 미세먼지맨 사이에 머리를 쓰다듬는다거나 악수를 하는 스킨십은 없었다. 일정한 거리를 유지한 채 오가는 말들은 공허해 보였다.

어둡고 허름한 골목 어딘가에서 미세먼지가 뭉쳐지며 서서히 악당의 형상으로 변하는 장면으로 영상은 끝이 나고 공기청정 마스크 광고가 이어졌다. 아이들이 쓰고 나왔던 마스크와 같은 모델이었다.

"어휴, 미세먼지로 변이하는 사람들은 좋겠다. 그냥 숨만 쉬어도 돈 벌잖아. 내가 나이만 되면 바로 미세먼지 인간이 되어서 엄마 호강시켜줄 텐데!"

"우리 아들은 어쩜 이렇게 마음이 고울까. 근데 엄마는 아들이 미세먼지 인간이 아니어도 좋아. 미세먼지 인간이 되면 우리 아들이랑 포옹도 못 하잖아."

"엄마도 참. 알았어. 미세먼지 인간 담당 공무원이 되면 되니까 걱정하지 마."

"엄마는 우리 아들 믿어."

"내가 얼른 시험에 합격해서 효도할게."

저들의 대화를 듣고 있자니 얹힐 것 같아서 몇 수저 뜨다 말았다. 미세먼지 인간이 되는 규칙도 조건도 밝혀진 게 아무것도 없었다. 되고 싶다고 해서 될 수 있는 게 아니라는 뜻이었다. 그렇다고 해서 공무원이 되는 것도 쉬운 일이 아니었다. 열심히 공부하는 모습을 언제 봤는지도 모르겠는데 무사태평하다 못해 생각 없는 말에 답답해졌다. 내가 이 집안의 가장이니 잘 챙겨 먹고 버텨야 했지만, 이럴 때면 다 그만두고 싶다는 생각이 들었다.

엄마는 꼭꼭 씹어 먹으라며 동생 밥그릇에 고기를 얹어주었다. 내 앞에 놓인 김치와 김을 보고 있으니 못내 서러워져 자리에서 일어났다.

"밥을 이렇게 남기면 아까워서 어떡하니. 이대로 둘 테니까 퇴근하고 먹든가 해."

엄마는 밥이 반쯤 남은 내 밥그릇 위에 빨간 김칫국물만 남은 접시를 뚜껑처럼 덮었다. 걱정이 아니라 타박을 들으니 차라리 얼른 나가는 게 좋겠다는 생각에 재빨리 외출 준비를 했다. 엄마와 동생은 느긋하게 TV 채널을 돌리며 밥을 먹고 있었다. 그 모습을 몇 초간 지켜보다가 현관문을 열었다. 닫히는 문 사이로 앵커의 목소리가 들렸다.

"오늘 오전 10시 35분, 서대전사거리에서 교통사고가 발생했습니다. 운전자가 갑자기 미세먼지 인간으로 변이한 것이 원인입니다. 변이 때문에 교통사고 수습이 불가능하니 당분간 그 일대를 지나는 시민 여러분께서는 또 다른 교통사고가 발생하지 않도록 주의하시길 바랍니다. 서대전사거리 일대의 공기가 일시적으로 아주 좋아졌으니 근처 주민들은 마스크를 벗고 맑은 공기를 마시러 산책하러 나가도 좋을 것 같습니다."

어느 날 갑자기 사람이 미세먼지로 변했다. 어떤 전조가 있던 건 아니었다. 국내 최초의 사례는 이렇다.

시야가 흐려져 허가받지 않은 개인 차량이나 택시의 운행이 금지되고 버스만이 조심스레 다닐 수 있을 정도로 미세먼지가 심한 주말의 점심시간이었다. 미세먼지 수치가 최고치를 경신했다는 말이 나올 만큼 심한 날인데도 한 무리의 남자들이 마스크를 쓰지 않은 채 길을 걷고 있었다. 시끄럽게 떠들며 담배를 피워대서 주변 사람들의 눈이 찌푸려지는데도 그들은 아랑곳하지 않았다. 그 순간이었다. 갑자기 벼락이 내려치거나 UFO가 보인 것도 아니었다. 차원의 문이 열리지도 않았고 신의 음성이 들리지도 않았다. 와하하 웃는 소리가 멈추고 비명이 뒤를 이었다.

뜻 모를 영어 단어가 난잡하게 적힌 하얀색 티셔츠에 무릎이 튀어나온 청바지, 때가 탄 운동화. 남자가 입은 건 그대로였다. 다만, 남자의 얼굴과 머리카락, 하얀 티 아래 희미하게 비치는 몸이 모두 회색으로 변해 있었다. 남자는 눈을 깜박거리며 비명을 지르는 사람들을 쳐다보다가 자신의 손을 내려다보았다. 회색의 손, 회색의 손톱, 평소에는 푸르스름하게 보였던 핏줄도 회색이었다.

남자는 주먹을 쥐었다 폈다를 몇 번 하더니 손을 매만져보았다. 무언가 파스스 떨어졌다. 손가락 모양을 한 먼지 덩어리였다. 그것은 이내 형체도 남지 않고 사라졌다. 남자는 아홉 개밖에 없는 손가락을 보며 비명을 지르다 그 자리에서 기절했다. 경찰서와 소방서에 신고를 하는 사람과 다른 사람에게 전화를 걸어 지금 본 광경을 알리는 사람, 사진이나 동영상을 찍어 인터넷에 올리는 사람도 있었다. 이 당황스러운 상황을 처음부터 찍지는 못했지만 남자가 회색으로 변해 기절하는 것까지 찍힌 영상은 인터넷을 타고 전 세계에서 핫이슈가 되었다.

바야흐로 국내 최초 미세먼지 인간의 탄생이었다. 물론 이때는 괴물이라고 다 손가락질했지만.

그렇게 한두 명씩 미세먼지 인간으로 변이했다. 길거리에서 회사에서 집에서 담배를 피우다가 회의하다가 공부하다가 운동하다가 잠을 자다가 갑자기, 문득. 가족이, 친구가, 회사 상사가, 길에서 마주친 낯선 사람이 그렇게 변했다. 인간이되 인간이 아니게 된 것이다.

사람들은 처음에는 비명을 지르고 경찰이나 소방서에 신고하고 병원에 격리되고 괴물이라고 손가락질하고 기도로 이겨내자는 둥 세상의 종말이 온다는 둥 난리가 났었다. 해외로 도피하려고 해도 이미 미국에서 변이자가 나왔었거니와 계속해서 미세먼지 인간이 등장한다는 걸 알고 온 지구가 패닉상태였다.

특히 한국에서는 자고 나면 변이자가 우후죽순으로 나타났다. 아주 큰 문제가 발생할 줄 알았으나, 이곳은 안전불감증의 나라였다. 개방된 장소에서는 미세먼지 인간이 된 사람에게 가까이 다가가지만 않으면 피해를 입지 않는다는 걸 알게 되자, 사람들은 나만 아니면 된다는 생각에 일상을 이어나갔다.

변이한 사람들은 다 해고되었다. 컴퓨터를 하거나 물건을 만지면 그 위로 미세먼지가 그득하게 남았다. 아니, 그들이 존재하는 것만으로도 미세먼지 수치가 올라갔다. 공기청정기를 돌리면 미세먼지 인간의 일부가 사라졌고 공기청정기를 작동하지 않으면 일반 사람들이 피해를 받았다. 다수를 위해 어쩔 수 없다는 이유로 그들은 회사에서 쫓겨났다. 그렇게 해고당하고 쫓겨난 미세먼지 인간들은 길거리에 모여서 무리를 이루었다.

그들의 모습은 변이하기 전과 똑같았다. 다만 모든 신체가 먼지일 뿐이었다. 힘을 강하게 주면 신체가 분리되었으나 머리카락은 한 올 한 올 결이 살아 있어 묶을 수 있었다. 가위바위보를 하거나 젓가락질도 할 수 있었고 걷거나 뛸 수도 있었다. 대화도 할 수 있고 잠도 자려고 하면 잘 수 있었다.

그러나 심장은 뛰지 않았고 위장과 대장도 활동을 멈췄다. 무언가를 먹을 수 없으니 당연히 배변 활동도 없었다. 폐가 움직이지는 않았지만 숨은 쉴 수 있었다. 의식적으로 숨을 쉬어야 했지만 그래도 숨은 숨이었다. 들이마시고 내쉬고, 숨을 쉬면서 주변의 미세먼지를 빨아들였다. 조금만 움직여도 바스러지던 몸이었는데 숨을 들이마시면서 딸려 오는 먼지가 축적되어 점점 단단해졌다. 숨을 내쉴 때는 깨끗한 공기를 내뿜었다. 기계보다 훨씬 성능이 좋고 전기도 필요 없는 인간 공기청정기였다.

이 사실은 미세먼지 인간의 등장 이후 몇 년 동안 연구하던 과학자가 미세먼지 인간으로 변하자 본인을 실험체로 삼아 밝혀낸 것이었다. 이걸 시작으로 각종 연구가 활발히 이루어질 것 같았으나 무산되었다. 아무리 모습이 변했다고 해도 말하고 생각하는 사람이라 윤리적인 문제로 생체 실험을 할 수 없기 때문이었다.

공식적으로 알려진 건 이렇다.

1) 미세먼지로 변이한 인간의 주변은 미세먼지 수치가 0이 된다. 일명 청정 구역으로, 그 범위나 유지 시간은 알 수 없다. 개인의 정화 능력이 좋을수록 청정 구역 범위와 유지 시간이 정해진다고 추측된다.

2) 미세먼지 인간은 공기청정기 근처에 가면 몸이 서서히 사라진다. 고통을 느끼지 못하기에 몸이 사라지는 걸 인지하지 못하면 죽을 수도 있다. 공기청정기는 미세먼지 인간 한정 살해 도구로 인정하며, 미세먼지 인간이 등장하면 공기청정기의 작동을 금지하는 법이 생겼다.

3) 미세먼지 인간은 맨몸으로 스킨십을 못 한다. 공기가 통하지 않는 옷을 입고 가벼운 악수나 포옹 정도는 가능하지만 오랫동안, 혹은 더 깊은 스킨십은 불가능하다. 가까이 가면 미세먼지 가득한 거리를 마스크 없이 다니는 것보다 심한 미세먼지를 흡입하게 되기 때문이다.

4) 미세먼지 인간이 되면 병에 걸리지 않고 걸렸던 사람도 낫는다. 가벼운 감기부터 암과 같은 무거운 병까지 모조리 사라진다. 사고로 잃은 신체도 다시 생긴다. 미세먼지 인간이 신체 일부를 잃으면 미세먼지를 흡수해 다시 만들 수 있다.

5) 미세먼지 인간은 25세 이상이어야 변이한다.

마지막은 확실한 건 아니지만 지금까지 미세먼지 인간이 된 사람들을 보면 25세 미만은 한 명도 없었다. 칠십 대 노인도 미세먼지 인간이 되는데 십 대 미세먼지 인간이 없는 걸 보면 맞는 말인 것 같았다.

미세먼지 인간이 되면 마스크를 끼지 않아도 되고 먹지 않으니 식비가 들지도 않는다. 잠을 자지 않고도 활동할 수 있다. 무엇보다 미세먼지로 변이하면 이전과 달리 일자리도 보장이 되니 많은 사람이 미세먼지 인간이 되기를 꿈꿨다.

전기가 들지 않는 성능 좋은 인간 공기청정기. 존재하는 것 자체가 환경을 위하는 것이다. 그저 숨을 쉬는 것만으로도 공기가 정화되고 미세먼지 수치가 감소한다. 이 사실이 알려지자 국가에서 미세먼지 정화 공무원을 채용하고 공기업에서 채용하고 사기업에서 채용하고 외국에서도 채용했다. 숨만 쉬는 것으로 취업하는 것이다. 정년퇴직도 없다.

그런 걸 생각하면 나도 미세먼지 인간이 되길 바라야 하는 건지, 머리가 터질 것 같았다. 학교를 다니는 것도 취업을 하는 것도 막막해서 휴학하고 아르바이트를 하고 있었다. 미래를 생각하면 초조했다. 복권보다 미세먼지 인간이 될 확률이 더 높으니 정말 고시 공부하듯 미세먼지촌으로 가서 목숨을 걸고 버텨야 하는 게 좋은 걸까. 명당이라고 소문난 곳에 가려고 해도 생활비가 필요하니 더 아끼고 모으고 일해야 했다. 게다가 여자보다 남자가 더 많은 비율로 변이하고 있으니 돈을 모아 동생을 지원하는 게 차라리 나을 수도 있었다.

몇 정거장 후에 내리므로 나는 버스 빈 자리가 생겨도 앉지 않고 서 있었다. 내 앞에 앉아 있던 할머니는 미세먼지 마스크를 벗은 채였다. 버스 내에도 공기정화장치가 작동 중이긴 했지만, 문이 열리고 닫힐 때 미세먼지가 들어오니 마스크를 벗은 사람은 할머니가 유일했다. 할머니는 더운지 이마에 땀이 송글송글 맺히다 못해 흐르고 있었다. 손수건으로 땀을 닦던 할머니가 손을 뻗어 창문을 열었다. 그 순간 버스 여기저기서 욕설이 튀어나왔다.

"할머니 미쳤어요? 창문을 왜 열어요!"

"빨리 닫아요! 치매 아니야?"

할머니는 무의식적으로 창문을 연 건지 당황스러움에 어쩔 줄 몰라 하며 허둥지둥거렸다. 나는 재빨리 창문을 닫고 할머니에게 마스크를 씌워줬다. 얼굴 전체를 조심히 가리고 머리 뒤쪽에서 끈을 묶었다. 할머니를 뺀 승객들은 다 마스크를 쓰고 있었으면서 이렇게 반응하다니 너무하다는 생각이 들었지만 뭐라고 할 수는 없었다.

"괜찮으세요? 이렇게 창문을 여시면 할머니 건강에 안 좋아요."

"미안해요. 내가 딴 생각하다가 그만…… 더워서 나도 모르게 그랬나 봐요. 미안해요."

"숨 쉬는 건 괜찮으세요? 마스크 불편하시면 끈 다시 묶어드릴까요?"

내가 할머니를 돕자 욕을 하거나 투덜거리는 소리가 줄어들었다. 버스는 어느새 청정 구역을 앞두고 있었다. 보이지 않는 벽이

세워져 있는 듯 어느 기점을 중심으로 거리의 색감이 확연히 달라졌다. 이쪽은 시야가 잘 확보되지 않는 회색빛의 멸망 직전의 도시 같다면 저 너머는 파릇파릇한 생명이 돋아나는 봄이었다. 청정 구역이 되면 잠자거나 제대로 자라지 못한 식물들이 이때다 싶어 자란다는 말도 있었다.

"괜찮아요. 고마워요, 아가씨. 몇 년 전만 해도 창문 열어도 됐는데, 나쁜 놈들이 너무 많아서 하늘이 노하신 게야. 그렇지 않고서는 공기가 이럴 수가 있나."

때마침 서대전네거리역에 도착했다. 그 많던 승객들이 우르르 내렸다.

"조심히 가세요. 정 창문 열고 싶으면 청정 구역에서 잠깐 여시고요."

할머니의 인사를 받으며 정류장에 내렸다. 내리자마자 보이는 북적이는 풍경에 조금 답답해졌다. 대전 시민이 전부 이곳에 몰린 것 같았다. 반대편 차선은 세이백화점과 홈플러스로 들어가려는 차들 때문에 거의 주차장이나 다름없었다. 그나마 청정 구역이라 자동차에서 나온 매연이 공기에 아무런 영향을 주지 않는 게 다행이었다. 미어터질 것 같은 인파에도 사람들은 웃으면서 마스크를 벗고 크게 숨을 들이마셨다.

핸드폰 매장, 식당, 카페 할 것 없이 이 일대의 가게들 모두가 문을 열어놓고 있었다. 공원 한쪽에서는 크고 작은 개들이 사람들과 함께 마음껏 산책하는 중이었다. 한정된 공간에 사람들과 동물들이 너무 많이 있어 복작복작했지만 나름대로 사이좋게 있는 것 같았다. 그러고 보니 동물이 미세먼지로 변이했다는 건 들어보지 못했다. 하긴, 동물이 변하면 말도 안 통하는데 얼마나 힘들까. 사람은 돈 벌어서 자기한테 쓸 수라도 있지 동물이 변하면 이용하는 사람들이 너무 많아질 것이다.

내가 일하는 카페는 가까스로 청정 구역에 걸쳐 있었다. 마스크를 쓰고 걸어오던 사람들은 청정 구역에 들어오자마자 마스크를 벗고 서서 숨을 쉬거나 카페 앞에 길게 늘어진 줄 끝으로 갔다. 그 모습을 보니 벌써 온몸이 쑤시는 것 같았다. 그래도 가야지. 가서 일해야지. 숨을 깊게 들이마신 뒤 웃고 떠드는 사람들 사이를 애써 파고들며 카페 안으로 들어갔다.

"새치기하지 마세요!"

"안녕하세요. 잠시만 기다려주세요. 여기 직원이에요. 얼른 출근해서 만들어드릴게요. 지나갈게요. 잠시만요."

웃는 얼굴을 유지한 채 카페 손님과 눈이 마주치면 살짝 고개를 숙여 인사도 했다. 내 말을 들은 사람들이 살짝 움직이며 길을 터준 덕분에 무사히 출근할 수 있었다.

"언니, 왔어요? 사장님이 기혁이 오빠도 불렀대요."

"알았어. 얼른 화장하고 나올게."

스태프실에 들어가서 가방을 내려놓고 먼저 앞치마를 맨 후, 거울을 보며 화장을 시작했다.

화장하고 마스크를 쓰면 마스크 자국대로 화장이 지워지거나

114

습기 때문에 뭉쳐버린다. 어쩔 수 없이 조금 더 일찍 나와 화장을 해야 했다. 쿠션 비비, 아이브로펜슬, 색 있는 립밤. 나는 화장을 간단히 하니까 이 정도지 오픈 타임인 지수는 비비크림, 파운데이션, 아이브로펜슬, 아이섀도 세 개, 아이라이너, 블러셔, 셰이딩, 립스틱, 립틴트, 립밤, 화장품에 맞는 브러시까지 들고 다닌다. 화장을 수정해야 할지도 모른다며 클렌징워터를 충분히 적신 화장 솜뭉치, 스킨로션 꼬마 병까지 또 다른 파우치에 넣고 다녔다. 왠지 모르게 필사적인 느낌마저 들어서 그렇게까지 하지 않아도 괜찮다고 몇 번을 말했지만 웃으면서 괜찮다고, 이래야 마음이 편하다는 지수의 말에 고개를 끄덕일 뿐이었다.

얼굴을 확인하고 스태프실을 나왔다. 카운터 안으로 들어가기 전에 카페를 한 바퀴 둘러보았다. 공기청정기 코드는 다 뽑혀 있었고 구석에 버려진 쓰레기도 없었다. 테이블 위에 손님들이 놓고 간 컵들을 챙겨 카운터로 갔다. 아르바이트생은 한 명인데 손님이 많이 밀려 있어 사람들의 불만이 쌓이고 있었다. 주문서들을 확인한 후 재빨리 원두를 갈고 샷을 뽑았다. 다행히 아이스아메리카노 주문이 제일 많았다. 그래도 믹서기를 사용해야 하는 음료도 꽤 돼서 주문받는 걸 잠시 멈춰야 할 것 같았다.

"죄송합니다. 주문이 쌓여 있어서 잠시 후에 주문을 받겠습니다. 금방 만들 테니 잠시만 기다려주세요."

지수를 불러 샷을 뽑게 하고 나는 스무디를 만들기 시작했다. 딸기, 딸기, 청포도, 블루베리, 요거트. 주문도 가지각색이라 손이 바빴다. 전자저울에 냉동 과일 정량을 재고 시럽도 넣고 갈고. 정신없이 움직이는데 누군가 부산스럽게 카운터 안으로 들어왔다. 윤기혁이었다.

"손님 엄청 많네. 지수는 이렇게 바쁜 와중에도 완벽한 미모를 자랑하고 있고만! 우리 도연이는…… 조금 더 꾸미라니까. 과연 누가 도연이를 데려갈까 걱정이야, 걱정. 본판이 예쁘니까 조금만 더 꾸미면 남자들이 줄을 설 거야!"

앞치마만 입고 나온 윤기혁을 보면서 아무 말도 하지 않고 고개만 까닥거렸다. 바쁜 걸 핑계 삼아 아무 말도 하지 않아도 되니 다행이었다. 그러나 윤기혁은 윤기혁이었다.

"오빠가 왔는데 아무 말도 안 하기야? 이럼 오빠 그냥 간다? 미세먼지 인간이 나타났다는 거 보고 재빨리 달려왔는데 이렇게 섭섭하게 하면 안 돼."

먹히지도 않는 협박이었다. 사장님이 부르고 자기가 오겠다고 했으니까 왔으면서, 이대로 갈 수 있으면 가라지. 무표정한 채로 일을 계속하고 있으니 지수가 어쩔 줄 모르는 표정으로 우리 둘을 번갈아 살펴봤다. 윤기혁은 능글거리는 표정으로 앞치마 끈을 천천히 풀었다.

윤기혁은 일한 지 갓 한 달밖에 안 된 신입이었지만, 나이도 더 많고 무엇보다 학과 선배였다. 개강 후에 전역해서 2학기에 복학한다고 했다. 아는 사람이 있으면 외롭지 않겠다는 둥 오빠가 족보를 잘 얻어줄 테니 믿으라는 둥 시도 때도 없이 헛소리를 하면서 같이 복학하자고 했다. 들이박고 싶은 마음이 굴뚝 같았으나 참아야 했다.

"예, 안녕하세요. 손님 밀렸으니까 얼른 설거지하세요."

"에이, 나 설거지 말고 샷 뽑을래."

그러더니 윤기혁은 당당하게 지수를 밀치고 기계 앞을 차지했다. 지수는 애써 웃으며 싱크대로 갔다. 내가 뭐라고 하려 입을 열자 지수가 작게 고개를 흔들었다. '저는 괜찮아요.' 입 모양으로 전하는 지수에 속으로 한숨을 삼킬 뿐이었다.

"너도 이렇게 바쁠 때 커피 외 음료 만드는 거 손에 익혀야지. 내가 설거지할 테니까 얼른 음료 만들어봐."

"네? 아니에요. 저 손 느려서 안 돼요."

"그러니까 해봐야지. 밀리면 도와줄 테니까 해봐."

"네!"

믹서기와 매장용 컵 등을 다 닦고 엎어놓기가 무섭게 설거지할 것들이 새롭게 쌓였다. 매장을 살피면서 설거지도 하고 디저트류도 데우고 지수를 도와 음료를 만들었다. 청정 구역이 얼마나 유지될지는 모르겠지만 오늘 하루는 엄청 바쁠 것 같았다. 그래도 오후에는 사장님도 오신다고 하니 다행이었다. 바쁘게 손을 움직이던 중이었다. 테이블 쪽에서 큰 소리가 들렸다.

"언제까지 문 열어둘 거야? 문 닫고 공기청정기 돌려줘!"

내가 출근하기 전부터 테이블에 자리 잡고 있던 아저씨 손님들이었다. 그 테이블 근처에는 커다란 공기청정기가 있었다. 자기가 알아서 공기청정기를 작동시키려고 했는지 지금도 전원 버튼을 거칠게 누르고 있었다. 아무리 눌러봤자 코드를 빼놨기 때문에 작동할 리가 없었다. 손님은 화가 치솟는지 점점 얼굴이 벌게졌다.

"이건 왜 안 켜지는 건데!"

윤기혁을 보니 손님 쪽으로는 시선도 주지 않은 채 컵만 만지작거리고 있었다. 지수는 입술만 달싹이며 울상을 지었다. 그래, 내가 나서야지 누가 나서겠어. 숨을 크게 들이마셨다가 내쉬었다. 한껏 죄송스러운 표정을 짓고 손님에게 다가가 친절한 목소리로 말했다.

"손님, 정말 죄송합니다. 에너지 절약을 위해 청정 구역이 유지되는 지금은 코드를 빼놨습니다. 공기청정기를 작동하지 않아도 미세먼지 수치가 0이니 안심하세요."

"아니, 언제 미세먼지가 들이닥칠 줄 알고 문을 열어놓냐고! 여기는 청정 구역의 외곽 아니야! 외곽부터 서서히 미세먼지 수치가 올라간다는 상식도 몰라?"

"미세먼지 체크기가 있으니 걱정하지 마세요. 체크기 알람이 울린 후에 닫아도 괜찮답니다."

"나는 체크기보다 공기청정기가 더 믿음직스러우니까 얼른 공기청정기 켜!"

이제 손님은 벌떡 일어나 삿대질을 하기 시작했다. 일행이 말리는 것 같기는 했지만 적극적인 기세는 아니었다. 목소리가 커지자 주변에서 웅성거리기 시작했다. 저 손님 왜 저러냐는 반응도 있었고 맞는 말 한다는 반응도 있었다.

"에너지 절약을 위해 청정 구역에서는 전기 사용을 줄여야만 합니다. 죄송합니다."

"손님이 요구하는 대로 들어줘야 할 거 아니야! 얻다 대고 꼬박꼬박 말대꾸지? 사장 불러와! 여기 사장 어딨어!"

지수는 울상이었고 윤기혁은 고개를 숙인 채 이 상황을 회피중이었다. 오빠가, 오빠가 할 때는 언제고 이럴 때는 아무것도 하지 않았다. 짜증이 솟구쳤지만 지금은 일하는 중이었다. 게다가 세 번이나 안내를 했으니 할 만큼 했다.

"청정 구역이 발생하면 환경 지킴이분들이 순찰을 돌며 공기청정기를 켜놓고 있는지 확인합니다. 적발되면 과태료를 내야 하니, 너무 걱정되시면 청정 구역 중심 쪽으로 이동하시거나 공기청정기가 작동 중인 청정 구역 바깥에 있는 카페를 이용하시는 건 어떠실까요?"

"뭐라고? 그게 지금 할 소리야?"

"손님이 요구하셔도 어떻게 해드릴 수 있는 게 없으니 손님께 맞는 방안을 말씀드렸습니다. 사장님이 오셔도 같은 말씀을 드릴 겁니다."

때마침 초록색 조끼를 입은 환경 지킴이 두 명이 걸어오고 있었다. 내가 시선을 밖으로 두자 사람들도 나를 따라 시선을 돌렸다. 손님도 환경 지킴이를 확인하고는 헛기침을 하며 서둘러 짐

을 챙겨 밖으로 나갔다. 그 뒤를 이어 바통 터치하듯 환경 지킴이
가 들어왔다.

"안녕하세요. 환경 지킴이입니다. 공기청정기가 작동 중인지
확인하러 왔습니다. 카페 좀 둘러볼게요."

"안녕하세요. 마음껏 둘러보세요!"

아무래도 내일까지는 청정 구역이 유지될 것 같았다. 오후가
됐는데도 사람이 끊이질 않았다. 오픈 타임인 지수가 퇴근하고
마감 타임인 수영이 지수를 대신했다. 그러다가 사장님까지 오
셔서 총 네 명이 바쁘게 움직였다.

윤기혁에게 퇴근하라고 하자 그는 앞치마만 벗고 테이블을 차
지했다. 그가 고구마라테를 주문해 카드를 받기 위해 손을 내밀
었는데 이 새끼가 줄 듯 말 듯 장난을 쳤다. 본인은 재밌다고 한
껏 웃으면서 그러는데 나는 하나도 재미없었다. 무표정으로 윤
기혁을 바라보자 김샜다는 듯 입술을 삐죽였다. 토 쏠려.

"손님, 계산 안 하세요?"

"진짜 받으려고? 사장님, 저 그냥 마시면 안 돼요?"

윤기혁은 평소에도 카페에서 음료를 많이 만들어 먹었다. 사
장님이 먹고 싶은 음료는 마음껏 마시라고 했지만 이렇게 많이
먹는 아르바이트생은 처음이었다. 친구를 데려와 무료 음료로
생색내려는 걸 보고 뭐라고 한 뒤로 그런 일은 없었지만, 친구 몫
까지 본인이 다 처마신다는 인상은 지울 수가 없었다.

오늘도 바쁜 와중에 아이스아메리카노 주문이 들어오면 자기 것도 만들어 마시는 게 여러 번이었다. 스무디가 들어오면 정량보다 많이 만들어서 컵에 담고 남은 건 본인 입으로 들어갔다. 주문이 밀렸는데도 먹으면서 놀았다. 놀려고 먹는 건지도 몰랐다.

"퇴근했잖아. 얼른 계산해. 손님 기다리신다."

오늘도 그는 틈틈이 많이도 만들어 먹었다. 근무시간에 먹는 건 뭐라 하지 않았으나 퇴근 후에 먹는 것까지 봐줄 수는 없었는지 평소라면 그냥 넘어갔을 사장님도 돈을 내라고 하셨다. 본인도 찔리는지 카드를 내미는데 그게 또 한세월이다. 한숨을 삼키며 카드를 받는데 이 새끼가 손가락으로 내 손바닥을 긁듯이 스치네? 얼굴을 보니 실실 웃고 있다. 속으로 욕을 하며 카드를 받아들고 결제를 마쳤다. 카드를 돌려받기 위해 내미는 그의 손을 무시하고 바닥에 내려놓자 픽 웃는다.

"두 잔 같은 한 잔 만들어줘."

바쁠 때 손이 제일 많이 가는 고구마라테를 주문한 데다가 레귤러로 계산해놓고 라지를 바라고 있었다. 눈치가 없는 건지 눈치는 있는데 뻔뻔한 건지 모르겠다. 몸을 돌리다 수영과 눈이 마주쳤다. 우리는 아무 말 없이 고개를 끄덕이고 각자 할 일을 했다. 일을 하는 중간중간 윤기혁과 시선이 마주치고 내가 움직이는 방향을 따라 시선이 따라오는 것 같기는 했지만 무시로 일관했다.

보통 8시쯤 되면 한가해지고 9시 반쯤에 슬슬 청소를 한 뒤

10시에 문을 닫는데, 오늘은 마감은커녕 연장 영업을 해야 할 것 같았다. 남아서 같이 도우려고 했으나 사장님은 밤이라 동네 주민만 온다며 걱정하지 말고 정시에 퇴근하라고 하셨다. 윤기혁은 그때까지 고구마라테 한 잔으로 테이블을 차지하고 있었다. 추가 주문도 없었다. 테이블 좌석을 원하는 손님 몇몇이 눈치를 줘도 꿋꿋했다. 사장님이 안 가고 뭐 하냐고 물어도 자기는 괜찮으니 신경 쓰지 말라고 했다. 누가 너 신경 쓰냐 영업에 방해되니까 그렇지. 그의 뻔뻔함에 감탄이 나올 정도였다.

"도연아, 먹고 싶은 거 있으면 만들어서 가져가."

"감사합니다!"

요즘 딸기가 너무 먹고 싶었다. 작은 딸기 한 팩이 그렇게 비싼 건 아니었지만 사는 게 망설여졌다. 게다가 딸기 한 팩을 사도 내 입으로 들어오는 건 적으니 더 사기 싫었다. 큰맘 먹고 딸기를 사서 집에 돌아간 후 옷을 갈아입고 나오면 딸기는 어느새 동생 앞에 있었다. 나는? 하고 물으면 카페에서 일하면서 한두 개씩 주워 먹으면서 뭘 그렇게 먹으려고 하나, 살찐다, 하는 답이 돌아왔다. 별생각 없다는 동생 입에 하나씩 물려주는 엄마의 모습에 화를 내는 것도 옛날 일이었다. 화를 표현하는 것도 이제는 지쳤다.

믹서기에 딸기와 요거트 파우더를 잔뜩 넣고 우유를 부었다. 딸기와 우유의 비율이 일 대 일 정도인 것 같았다. 믹서기를 작동시키고 가방에서 900밀리리터 텀블러를 꺼냈다.

"사장님, 도연이 좀 봐요. 공짜라고 저렇게 많이 먹다니. 이도

연 양심 없다! 나도 돈 주고 사 먹는데 그걸 가득 채우려고?"

"도연이가 너랑 같아? 오늘 추가 근무까지 하느라 고생했는데, 마음껏 먹어. 딸기 좋아하지? 딸기주스도 만들어줄게."

사장님은 약간의 물과 얼음, 그리고 거의 딸기 한 팩 이상을 믹서기에 쏟아붓고 믹서기를 돌렸다. 동글동글했던 딸기가 순식간에 갈렸다. 감동의 눈으로 사장님을 바라보자 웃으면서 내 등을 토닥여주셨다. 가득 찬 텀블러는 가방에 넣었다. 딸기 생과일주스는 양이 너무 많아 두 개로 나눠야만 했다.

"오늘 고생했어. 가서 푹 자고, 내일은 내가 더 일찍 나올 거야."

"네, 들어갈게요. 안녕히 계세요! 너도 마감 잘하고."

"언니, 내일 봐요!"

카페를 나서는데 윤기혁이 따라 나왔다. 그러더니 내가 양손에 들고 있던 딸기주스 하나를 가져가 먹기 시작했다.

"이게 딸기주스냐, 완전 딸기지. 사장님이 딸기 너무 많이 넣었어."

나 먹으라고 만들어주신 건데 선배가 왜 먹냐고 한마디 할까 하다 참았다. 말해봤자 입 아프고 말 섞기도 싫었다. 윤기혁은 내가 아무 말 하지 않으니까 몇 마디 더 하더니 이내 입을 다물었다. 우리 둘 사이는 조용했지만 주변은 적당히 소란스러웠다. 아직도 사람들이 많았다. 버스 정류장으로 갈까 하다가 공원으로 발걸음을 돌렸다.

"버스 타러 안 가?"

"제가 알아서 갈게요. 안녕히 가세요."

"데려다줄게. 어디로 가는 거야?"

"괜찮아요."

"에이, 밤이라 위험한데. 같이 가. 가면서 대화도 하면 얼마나 좋아."

내 생각에는 윤기혁이 제일 위험했다. 같이 가기에도, 됐다고 거절하고 혼자 가기에도 찜찜했다. 윤기혁은 본인이 쿨한 줄 알지만 전혀 아니다. 얼마나 쪼잔하고 뒤끝이 있는지 모른다. 일로만 만난 사이면 뭐라고 하겠는데 같은 과 선배니까 어떻게 할 수도 없었다. 아무리 혼자 다닌다고 해도 학교에서 불필요한 소문이 도는 건 사양이었다.

윤기혁이 아르바이트를 시작한 지 한 달이 넘었지만, 한 달 사이에 괜히 말 걸고 쳐다보고 퇴근 후에 따라온 게 한두 번이 아니었다. 카페에서 대화하고 싶지는 않고, 그렇다고 밖에서 대화할 수 있는 환경도 아니었다. 그래, 청정 구역이 된 오늘이 기회다. 은근슬쩍 옆에서 따라오는 윤기혁을 향해 몸을 돌렸다.

"저한테 할 말 있으세요?"

"응? 내가? 아니, 없어."

"……."

"아, 네가 할 말 있으니까 괜히 그러는 거야? 뭔데, 말해봐. 오빠가 다 들어줄게."

윤기혁은 빈약한 가슴을 팡팡 치며 자신만 믿으라는 태도를 취했다. 그러다 가슴 뚫리겠다. 애써 한숨을 삼키며 이것이 기회다, 오늘밖에 없다는 생각을 되뇌었다.

"아니요, 그런 거 없어요. 앞으로도 없고요. 저는 이쪽으로 갈게요. 그럼 안녕히 가세요."

"아, 나도 그쪽으로 가는데. 가는 방향이 똑같네!"

"……선배님. 자꾸 이러시면 불편해요."

"내가 뭘 어쨌는데?"

"계속 연락하고 퇴근 후에 따라오잖아요. 밤늦게까지 연락 오는 것도 불편하고 저 퇴근할 때까지 기다렸다가 이렇게 따라오는 것도 안 했으면 좋겠어요."

"허! 너 되게 웃긴다. 싫으면 진작 말하든가. 내가 연락하면 다 받아줬잖아. 그리고 이게 널 따라가는 거냐? 걱정되니까 바래다주는 거지! 이게 예쁘다 예쁘다 해줬더니 사람을 바보 취급하네?"

"저는 하고 싶은 말했으니까 먼저 가볼게요. 안녕히 가세요."

"너 할 말만 하면 다야? 난 아직 안 끝났어."

윤기혁을 앞서 걸어가는데 갑자기 손목이 잡혀 몸이 휘청거렸다. 그의 씩씩거리는 숨소리와 손목을 옥죄는 악력에 순간 몸이 경직되고 공포심이 일었다.

"이거 놓으세요!"

"사람을 완전 병신으로 만들고 그냥 간다고?"

"이러지 마세요! 아파요! 손 놓으라고!"

"가만히 있어! 사람들 다 쳐다보게 뭐 하는 거야?"

나는 격렬하게 반항하며 몸을 흔들었다. 윤기혁은 당황하면서도 내 손목을 놓지 않았다. 오히려 더 힘을 주는 바람에 손목이 끊어질 것만 같았다. 아프고 서러웠다. 눈물이 나올 것 같았지만 울면 지는 거라는 생각에 이를 악물고 주먹을 휘두르며 소리를 질렀다. 사람들은 못 본 척 지나가거나 가만히 서서 수군거렸다. 그러다가 나와 눈이 마주치면 재빨리 시선을 피하고 자리를 옮겼다. 이 새끼는 이제 힘으로 나를 끌고 가기 시작했다. 나는 몸을 뒤로 젖히고 무게중심을 한껏 낮추며 끌려가지 않기 위해 안간힘을 썼다.

"지금 뭐 하시는 거예요? 이분이 싫어하시잖아요!"

그때 어떤 여자가 다가와서 날카롭게 말했다. 윤기혁은 얼굴이 벌게진 상태로 이를 악물고 있었다. 내 두 눈에서는 어느새 눈물이 흘러넘쳤다. 기댈 곳이라고는 이 여자밖에 없었다. 나는 크게 외쳤다.

"도와주세요!"

"별일 아니니까 그냥 갈 길 가세요."

"여자분이 이렇게 울고 발버둥 치는데 별일 아니라뇨? 동영상도 찍었고 경찰에 신고했으니까 그쪽이나 어디 가지 말죠?"

"……에이, 씨발. 이게 뭐라고 경찰에 신고해? 할 일도 없나. 아오, 도연아, 오빠가 너무 당황해서 그랬어. 그러니까 누가 그따

위로 말하래? 오빠가 네 말 듣고 순간 너무 욱해서 그런 거 알지? 오빠 갈 테니까 너도 얼른 가고. 어? 별일 아니었잖아. 조심히 들어가. 연락할게."

윤기혁은 말하면서도 쉬지 않고 주위를 둘러봤다. 그러더니 부리나케 어딘가로 달려갔다. 나는 다리에 힘이 풀려 바닥에 주저앉았다. 여자가 손수건으로 눈물을 닦아주었다.

"괜찮아요? 저 사람이랑 아는 사이예요? 경찰에 신고한 건 거짓말이지만 동영상 촬영은 해놨으니까 신고하고 싶으면 말해요. 내가 도와줄게요."

"감사, 감사합니다……."

나는 내가 엄청 크게 발버둥을 치고 크게 외치고 도움을 요청한 줄 알았다. 그러나 내 목에서 나온 소리는 하염없이 떨리기만 하는, 매우 작아서 코앞의 여자에게도 들릴까 의문이 들 정도로 작았다. 생각해 보니 아까 전 발버둥을 치며 도움을 청한 소리 역시 이렇게 작았을지도 몰랐다. 온몸이 너무 뻣뻣해져서 아프고 윤기혁이 계속 움켜쥐었던 손목이 매우 시큰거렸다.

"일어날 수 있겠어요? 마실 것 좀 사 올까요?"

"가지, 마세요……."

"알았어요. 옆에 있을게요. 괜찮아요. 본인 잘못 아니에요. 절대 아니에요. 괜찮아요."

여자는 땅바닥에 주저앉은 내 옆에 털썩 앉아 묵묵히 손을 잡아주었다. 그녀는 이 근처에 살고 있으며 산책을 하던 중 윤지혁이 내 손목을 잡아채는 걸 보고 그때부터 촬영을 시작했다고 말했다. 내가 신고하고 싶으면 얼마든지 도와줄 수 있고, 이대로 묻고 싶어도 괜찮다고, 나는 아무 잘못이 없다고, 내 잘못은 하나도 없다고 내 눈을 마주 보며 몇 번이고 말해주었다.

내가 조금 더 친절하게 말했다면, 선배가 하는 말을 더 잘 들어주었더라면, 밤에 늦게까지 다니지 않았더라면, 단호하게 대처했더라면, 더 크게 몸부림치고 소리쳤더라면. 이런 답 없는 생각들이 여자의 다정하면서도 단단한 말에 천천히 녹아내렸다.

실은 알고 있다. 내가 선을 그으면 그은 대로, 사근사근하게 말하면 사근사근한 대로 깔아뭉개고 멋대로 휘두르려 했을 것이다. 아르바이트를 하니까 이 시간에 밤길을 걷는 건 당연하고, 아르바이트가 아니더라도 청정 구역이면 낮이고 밤이고 걷고 싶고 걸을 수 있다. 놀라고 무서워서 몸이 굳은 것도 내 탓이 아니다.

윤지혁은 돌아가면서 반성을 했을까? 잘못인 건 알까? 끝까지 내 탓을 한 걸 보면 잘못된 일인 줄도 모르는 것 같았다.

"같은 과 선배에 아르바이트도 같이해요. 그래도…… 신고할 수 있을까요?"

"괜찮아요. 도와줄게요. 증언도 해주고. 그 사람이 이렇게 폭력적으로 나온 건 처음이에요?"

"네. 그동안은 연락하고 뒤쫓아오기만 했어요. 그런데 정말 이걸로 신고가 돼요? 경찰이 그냥 가라고 하면 어떻게 해요……?"

"신고를 받아주지 않으면 민원 넣으면 돼요. 같은 과 선배에 일터에서도 만나는 사이라 걱정된다면 신고하지 않아도 괜찮아요. 편한 대로, 하고 싶은 대로 해요."

"조금만 더 생각해볼게요. 정말 감사합니다. 진짜 감사해요."

우리는 이름과 전화번호를 교환했다. 김다정. 이름처럼 다정한 사람이었다. 다정 언니는 택시를 잡아주고 택시비까지 건네주면서 집에 조심히 들어가라고, 들어가면 연락하라고 신신당부를 했다. 뒤를 돌아보니 언니는 자동차번호를 핸드폰에 적고 있었다. 고개를 든 언니와 눈이 마주쳤다. 손을 흔드는 언니를 따라 나도 손을 흔들었다. 차갑고 딱딱하게 굳었던 손끝에 어느새 온기가 돌고 있었다.

다녀왔습니다, 인사를 해도 아무 반응이 없었다. 거실에서 엄마와 동생은 예능프로그램을 보며 눈물이 나올 정도로 웃고 있었다. 딸이 밖에서 무슨 일을 겪은 줄 알고 있냐고 말하고 싶었지만 참았다. 내 걱정은커녕 좋은 소리가 나오지 않을 터였다. 한숨을 가까스로 삼키고 샤워 후에 갈아입을 옷가지를 챙겼다.

"샤워하려고?"

"응. 얼른 씻고 자야지."

"어제도 샤워하지 않았어? 물 아깝게 뭘 매일매일 샤워하니? 피곤할 텐데 대충 양치만 하고 얼른 방에 들어가서 자."

엄마는 내가 집에 들어오자 공기청정기가 시끄러운 소리를 내며 돌아가는 것을 보고도 저런 말을 했다. 나는 아무 말 없이 화장실 안으로 들어갔다. 화장실 문을 닫자 잔소리하는 엄마의 목소리가 뭐라고 하는지 잘 들리지 않았다. 옷을 벗고 있는데 누가 다급하게 문을 두드렸다.

"나 화장실 가고 싶어!"

"참아."

"못 참아! 배탈 난 것 같아!"

동생이 마구잡이로 문을 두드리니 문이 덜컹거리며 부서질 것만 같았다. 재빨리 옷을 입고 문을 열자 미간을 한껏 찌푸린 얼굴이 보였다.

"빨리 나와! 네 동생 똥 싸겠어!"

"안 비키고 뭐 해?"

동생은 문 앞에 서 있는 나를 잡아당기고 화장실 안으로 들어갔다. 문이 거세게 닫히고 곧이어 뿌직거리는 소리가 들렸다. 너무 긴장해서 뻣뻣하게 굳은 몸을 뜨거운 물로 녹이고 싶었다. 물을 틀어놓고 조금 울고 싶기도 했다. 집에서도 편히 쉬지 못한다는 생각에 가슴이 답답해졌다. 지금 내 얼굴 엉망일 텐데. 내 얼굴 보면 분명 무슨 일이 있었다는 걸 알 텐데. 밖에서 일하고 돌아온 딸 얼굴을 보지도 않는다. 동생은 말할 것도 없었다. 다정히 위로해주던 다정 언니가 생각났다. 길거리에서 처음 만난 사람도 날 그렇게 걱정해주는데. 가족이 남보다 못했다.

대충 양치랑 세수만 하고 방으로 들어왔다. 그래, 이렇게 미세먼지랑 가까이 있다 보면 미세먼지 인간으로 각성할지도 모른다. 애써 긍정적인 생각을 하며 옷을 갈아입고 침대에 누웠다. 내일은 윤기혁이 오지 않는다니까 다행이었다. 사장님한테 이런 일이 있었다고 말씀드리면 선배를 해고해주시지 않을까? 이번에는 꼭 말해야겠다. 카페에서라도 안 보면 좋겠다.

그렇게 생각하고 잤는데 출근하자마자 윤기혁의 얼굴이 보였다. 정말 뻔뻔했다. 난 그의 얼굴을 보는 순간 발밑이 꺼진 듯 발걸음도 뗄 수 없었는데, 윤기혁은 카운터 근처 테이블에 앉아 있다가 나를 보자 손을 흔들면서 방정맞게 안녕안녕 인사를 하며 웃고 있었다. 잘 떨어지지 않는 발을 겨우 달래 그를 지나쳐 가는데 술 냄새가 진하게 풍겼다. 저절로 인상이 찌푸려질 만큼 지독한 냄새였다.

"큼큼, 어제 그렇게 가고 걱정돼서 온 사람한테 반응이 왜 그래? 연락했는데 답도 없고. 우리 도연이 삐졌어?"

나는 아무 말 하지 않고 휴대폰을 들어 다정 언니에게 지금 통화가 가능하냐고 문자를 보냈다. 그러자 바로 다정 언니에게 전화가 왔다. 천천히 몸을 돌려 윤기혁의 눈을 똑바로 바라보았다. 윤기혁은 여전히 실실 웃고 있었다. 나는 굳은 표정을 풀지 않은 채 전화를 받았다.

"언니, 안녕하세요. 갑자기 연락드려서 죄송해요."

"응, 안녕. 무슨 일 있어?"

"어제 일 신고하려고요. 도와주실 수 있으세요?"

"도연아, 왜 그래. 나랑 대화로 풀자."

전화기 너머로 윤기혁의 목소리가 들렸는지 언니는 알겠다며 바로 내가 일하는 카페에 오겠다고 했다. 증거가 될 것 같은 건 뭐든지 남겨놓으라는 언니의 말을 끝으로 전화를 끊자 윤기혁이 한껏 억울한 표정을 하며 내게 가까이 다가오려고 했다.

"오지 마!"

나도 모르게 비명처럼 터져 나왔다. 카페 안에 어느새 차가운 침묵이 내려앉았다. 스피커에서는 분위기 파악을 하지 못한 경쾌한 봄노래가 흘러나오고 있었다. 몇몇 사람들은 이런 분위기가 불편한지 자리를 떴고, 나머지 사람들은 아무 말 하지 않고 나를, 윤기혁을 바라보거나 시선은 일행에게 두고 귀만 쫑긋 세웠다. 윤기혁은 곁눈질로 사람들을 보다가 나지막하게 말했다.

"왜 이렇게 예민하게 반응해? 스태프실로 가서 대화하자."

"싫어요. 할 말도 없고 대화할 마음도 없어요. 그냥 가세요."

"아까 통화하면서 한 말은 농담이지? 내가 어제는 너무 욱해서 그랬어. 진정하고 이야기 좀 하자."

윤기혁이 내 손목을 잡으려고 팔을 뻗어 재빨리 뒤로 물러났다. 윤기혁은 억울해 미치겠다는 듯 주먹으로 자신의 가슴을 퍽퍽 두드렸다.

"왜 자꾸 이상한 사람 취급하는 건데. 그냥 대화만 하자고 하는 거잖아. 복학 안 할 거야? 계속 얼굴 보고 지낼 건데 바로 풀어야지."

그 말을 듣자마자 걱정이 나를 옭아맸다. 안 그래도 2학기 때

같은 학년으로 복학할 예정이고, 그러면 같은 수업을 들어야만 했다. 하루에 몇 시간이고 같은 공간에서 얼굴을 봐야 한다는 사실에 생각만으로도 숨이 막힐 지경이었다. 동기나 후배도 아니고 선배라니. 안 그래도 새벽 내내 그것 때문에 참고 넘어갈까 하는 생각으로 잠을 잘 수가 없었다.

내가 미세먼지 인간으로 각성했다면 이런 일이 생길 수도 없을 텐데, 정말 스물다섯 살 이상이 되어야지만 각성할 수 있는 걸까. 나는 왜 이런 고민을 가족에게 털어놓고 기댈 수 없는 걸까. 정말 간절히 각성하고 싶었다. 윤기혁 너는 이런 마음 모르겠지. 스물다섯 이상인 남자, 예비 변이자인 남자, 선배, 아르바이트를 취미로 하는 사람. 분하고 서러워서 미칠 것 같아도 참아야 한다는 생각에 애써 속을 다스렸다.

그러나 출근하자마자 본 뻔뻔한 윤기혁의 모습에 찬물을 맞은 것 같았다. 그는 자기 잘못도 모르고 당당하게 피해자 앞에 서 있었다. 장난이나 토라짐 같은 그런 가벼운 것들로 취급하며 오히려 내가 예민하다고 혀를 찼다.

윤기혁은 슬슬 화가 나는지 얼굴이 붉어졌다. 나는 대꾸도 하지 않고 스태프실로 들어가려는데 뒤에서 인기척이 느껴졌다. 온몸에 소름이 돋고 기도가 막힌 것처럼 숨을 제대로 쉴 수 없었다. 반사적으로 몸을 돌리자 지수가 뒤에 서 있었다. 지수는 이런 내 반응에 일순 놀라면서도 안쓰러운 표정을 짓고 있었다.

"사장님한테 연락드렸어요. 곧 오실 거예요."

"⋯⋯고마워."

윤기혁이 걸어오는 걸 보고 재빨리 스태프실로 들어가서 문을
잠갔다. 그는 문고리를 잡아 돌리고 문을 두드리며 애절한 목소
리로 나와 봐, 대화하자 등등의 말을 했다. 누가 보면 연인 사이
의 싸움이라고 착각할 수도 있을 것 같았다. 안 그래도 문 너머로
사랑싸움이 심하다는 말이 들렸다.

"아가씨, 여자가 너무 튕겨도 매력 없어! 적당히 하고 받아줘!"

"학생 힘내라! 사랑은 쟁취하는 거야!"

웃음기 어린 목소리들, 와르르 팝콘 터지듯 들리는 웃음소리,
응원을 받아 기세등등한 윤기혁의 목소리. 열어줘, 대화해, 받아
줘, 고백해 이런 말들이 경쾌하게 쏟아졌다. 그러지 말라고 말리
는 지수의 작고 연약한 목소리도. 무서워서 덜덜 떨리는 내 손은
문 너머 사람들에게 보이지 않는다. 윤기혁의 목소리는 사람들
의 응원에 힘입어 점점 커지고 강해졌다.

씨발년, 개같은 년, 경찰에 신고하면 가만두지 않겠다는 협박,
지금 당장 나와서 사과하면 넘어가겠다는 말 같지도 않은 말들,
그만두라고 말리는 목소리, 애원하는 목소리, 금방이라도 문을
따고 쳐들어올 것만 같은 아빠, 물건을 집어 던지고 쌍욕을 하며
마음껏 주먹을 휘두르던 그 새끼, 미세먼지가 되어 사라진 개새
끼⋯⋯.

그때 사장님 목소리가 들린 것 같았다. 덜컹거리던 문이 잠잠
해지더니 이내 윤기혁이 큰 목소리로 억울함을 토로했다. 사람

이 대화하자는데 무시한다, 오해가 있어서 풀고 싶은 것뿐이다, 도연이가 들어주지 않는다……. 온통 내 탓뿐이다. 그러나 사장님은 단호하게 윤기혁이 아니라 내 편을 들어주었다.

"해고야. 당장 나가."

"사장님! 같은 여자라고 이러시면 안 되죠! 공정하게 양쪽 말 들어봐야 하는 거 아니에요?"

"네 태도를 보니까 도연이 말 들을 필요도 없네. 이렇게 폭력적으로 행동하는 사람과 일하고 싶지 않으니까 이만 가."

"누굴 때리긴커녕 욕도 안 했는데 뭐가 폭력적이라는 거예요? 아무 짓도 안 했어요. 그냥 대화만 하자고 한 거잖아요."

"원하지 않는 상대에게는 그러는 것도 폭력이야. 싫다고 했으면 그냥 가야지."

"진짜 웃기지도 않아서. 도연아! 퇴근 시간 맞춰서 데리러 올게! 그때 이야기하자! 그러니까 그, 그 신고하지 말고 있어, 알았지?"

그때 카페 문에 달아놓은 풍경 소리가 적막을 깨고 들렸다. 손님이 들어온 것 같았다.

"잠깐만, 너 어제 그 여자지? 네가 순수한 도연이 꼬드겨서 신고니 뭐니 한 거 맞지? 솔직히 말해봐. 꽃뱀이지? 맞지? 내가 너 신고할 거야!"

"윤기혁! 그만 난동 부리고 나가."

"사장님 저 억울해요. 여러분 저 억울합니다! 내가 무슨 짓을 했다고 신고를 해요? 남자가 좋아하는 여자 손목 잡은 게 죄입니까? 손도 못 잡아요? 왜 사람을 벌레 취급하고 대화도 안 해주는 건데!"

무언가가 쓰러졌는지 우당탕하는 소리가 들리고 뒤이어 사람들이 비명을 질렀다. 밖에서 소란스러움이 느껴졌지만 문을 열 수가 없었다. 도저히 열 수가 없었다. 문 앞에 멀거니 서서 주먹만 꽉 쥐었다. 이 모든 일의 원인은 나였는데, 내가 아니라 다른 사람들이 피해를 보고 있었다. 나는 가만히 숨어 있을 뿐이었다. 이러고 싶지 않았다. 앞으로 나아가고 싶다. 이를 악물고 고개를 들어 문고리를 잡았다. 한 발자국 내딛자마자 먼저 문이 열렸다.

"도연아."

다정 언니는 내 이름을 부른 후 아무 말 없이 손을 내밀었다. 주먹을 꽉 쥐어서 부들부들 떨리는 내 손을 언니는 이름처럼 다정하게 쓰다듬어주었다. 부드럽고 따스한 느낌에 손에서 힘이 빠졌다. 손톱자국이 남은 손바닥 위로 다정 언니의 손이 얹어졌다. 무의식적으로 손을 움켜잡았다. 언니도 내 손을 힘주어 잡았다. 다정 언니 너머로 사장님과 지수가 걱정스러운 표정을 나를 바라보고 있었다. 나는 혼자가 아니었다. 다정 언니의 손을 잡고 문밖으로 나갔다. 사이렌 소리가 점점 가까워지고 있었다.

카페에서 테이블을 쓰러뜨리고 공기청정기를 망가뜨리는 등의 난동을 부린 탓에 윤기혁은 현행범으로 체포되었다. 나와 다정 언니, 사장님은 같이 경찰서에 갔다. 다정 언니가 증거로 찍은 동영상을 제출했다. 사장님이 찍은 카페 내부 사진과 CCTV 영상도 증거자료로 제출할 예정이었다.

경찰서는 삭막하고 시끄럽고 불편한 분위기가 흘렀다. 내가 죄를 지은 것도 아닌데 마음이 가라앉고 위축되었다. 어제 일뿐만 아니라 카페에서 난동을 부렸으니 확실히 처벌을 받을 거라는 생각과 양옆에 있는 언니와 사장님의 존재가 위안이 되었다.

가해자와 같은 공간에서 진술할 뻔했는데 언니와 사장님의 강력한 항의로 따로 떨어져서 진술하던 중이었다. 우리의 말을 듣던 경찰은, 윤기혁이 나에게 한 일로는 어떻게 될지 확답할 수 없지만 카페에서 난동을 부렸으니 집행유예 정도는 받을 거라고 했다. 기물을 파손하고 다수의 사람에게 공포감을 조성했지만 다친 사람은 다행히 없었다. 나에게는 실질적인 폭행 증거가 있으나 이걸로 처벌받을 수 있을지는 미지수라니. 어떤 방법으로든 처벌을 받을 수 있다는 사실에 안도하면서도 내가 겪은 일은 아무것도 아니라는 듯한 말에 참담해졌다. 한숨을 쉬고 크게 숨을 들이마시는데 청량함이 느껴졌다. 아무리 공기청정기를 작동시켜도 이렇게까지 청량해질 수는 없었다.

"변이자다!"

"공기청정기 빨리 꺼!"

"경찰서 내에 변이가 발생했나 봅니다. 잠시 다녀오겠습니다."

누군가가 외친 소리를 들은 경찰이 소리가 난 쪽으로 향했다.

이내 미세한 소음을 내며 돌아가던 공기청정기가 작동을 멈추자 째각째각하는 시계 소리만이 들렸다. 그 소리에 초조해져서 나도 모르게 계속 같은 곳을 긁었나 보다. 다정 언니가 아무 말 없이 내 손을 잡았다.

"요즘 들어 미세먼지 인간으로 많이 변이하는 것 같아. 오늘 아침에도 출근하던 중에 길거리에서 변하더라니까."

"그러게요. 이제 사고랑 엮이지 않으면 뉴스에도 안 나오잖아요. 며칠 전에도 저 복잡한 서대전사거리에서 몇 중 추돌사고 나서 뉴스에 나온 거지 아니면 청정 구역 된 것도 몰랐을 거예요."

"참, 도연이 도와주셨다면서요? 정말 감사해요. 전 도연이가 일하는 카페 사장 박수연이에요."

"안녕하세요. 김다정입니다. 별거 아니었어요. 그냥 하지 말라고 말린 게 다인 걸요."

다정 언니는 살짝 웃으면서 가볍게 말했다. 나는 본능적으로 고개를 가로저으며 언니의 말을 부정했다. 사장님은 그런 내 머리를 쓰다듬으며 말했다.

"그렇게 말려준 게 고마운 거죠. 아까도 카페 안에서 말리는 사람 없었는데 다정 씨가 도와주니까 몇 사람이 돕기 시작하더라고요. 도연이도 그렇고 나도 그렇고, 도와줘서 고마워요. 다음에 카페로 놀러 와요. 음료랑 디저트 맛있게 만들어드릴게요."

"알겠습니다."

언니는 사장님과 대화하면서도 내 손을 놓지 않았다. 긴장이 풀려서 그런지 조금 피곤해졌다. 눈을 감고 있는 시간이 점점 길어지는 것 같았다.

"도연이 많이 피곤하지? 다 끝나고 맛있는 거 사줄게. 밥 먹고 퇴근해."

"아니에요. 얼른 카페 치워서 청정 구역 없어지기 전에 영업해야죠."

"내가 누구야, 사장 아니니! 오늘 하루 쉬고 고기나 먹자! 지수한테 문 닫고 기다리라고 전화하고 올게. 다정 씨도 오늘 시간 있으면 같이 밥 먹어요."

사장님은 웃으면서 조사실 밖으로 나갔다. 방 안에는 나와 다정 언니 둘뿐이었다. 우리는 계속 손을 잡고 있었다. 손을 빼기가 어색해서 가만히 있는데 온 신경이 손에 몰린 것만 같았다. 반대편 벽을 바라보다가 왠지 손이 너무 뜨겁고 땀까지 차는 것 같아 다정 언니의 눈치를 보게 됐다. 그러다가 언니와 눈이 마주쳤다. 우연히 눈이 마주친 건지 계속 나를 보고 있던 건지 모르겠다. 간지러운 기분에 손가락을 꼼지락거리자 다정 언니가 웃었다. 손의 열기가 얼굴로 옮겨온 것 같았다. 무슨 말이라도 하려고 입을 벌리는데 거칠게 문이 열렸다.

"그놈이 변이자래! 윤기혁이 변이한 거야!"

사장님의 말을 듣자마자 밖으로 나갔다. 조사실에서 가장 멀리 떨어진 책상 앞에 앉아 있는, 미세먼지 인간으로 변한 윤기혁이 보였다.

윤기혁은 자신의 손을 바라보고 주위를 둘러보다가 나를 발견했다. 검은색에 가까울 정도로 짙은 회색의 눈동자가 나를 보고 웃는 듯했다.

순간적으로 공기청정기를 틀어버릴까? 얼마나 틀고 있어야 저 새끼가 사라질까? 하는 생각이 들었다. 나도 모르게 공기청정기 쪽으로 향하는데 어느새 다정 언니가 다가와서 손을 잡아주었다. 멍하니 다정 언니를 바라보자 언니는 고개를 살짝 내저었다. 억울하고 화나서 눈에 열이 몰렸다. 그렇다고 윤기혁 앞에서 울고 싶지 않아 천장을 노려보며 입술만 깨물었다.

"저희 가도 되죠?"

"예…… 나중에 필요하면 연락드리겠습니다."

"가요, 사장님. 언니, 우리 가요."

잡고 있는 언니의 손을 더 꽉 잡고, 다른 손으로는 사장님의 손을 잡고 밖으로 나가는 문으로 향했다. 아무렇지 않은 듯이 행동하고 싶었는데 뒤에서 뒤통수를 때리는 말이 들렸다.

"이도연. 이제 대화할 마음이 생기지 않았어? 언제라도 연락해."

잘못이라고는 하나도 없다는 듯한 뻔뻔한 윤기혁의 목소리가 끔찍히도 싫었다. 그보다 더 싫은 건 미세먼지 인간이 일반 회사원보다 월급도 많이 받고, 원하면 해외로도 나갈 수 있고, 섹스리스에 스킨십도 불가능하니 마냥 나쁜 조건은 아닌 것 같다고 생각하는 내 자신이었다. 어떻게든 편하게 살고 싶어서 저런 새끼와 결혼하는 걸 생각했다는 것 자체만으로도 토기가 밀려왔지만 꾹 참았다. 순간 그런 생각이 들 수도 있지. 앞으로 안 그러면 된다. 괜찮다.

"저 자식이!"

"사장님, 그냥 가요. 제가 맛있는 거 살게요. 얼른 가요. 배고파요."

경찰들도 상황이 이렇게 된 이상 방법이 없다는 걸 알고 우리를 잡지도 않았다. 경찰서를 나서자마자 눈물이 줄줄 흘렸지만 씩씩하게 앞으로 걸었다. 사장님도 언니도 아무 말 못 하고 내 옆에서 같이 걸었다.

"하나도 안 괜찮은데 괜찮아요. 이제 저놈은 이렇게 손도 못 잡잖아요."

눈물은 흘렸지만 웃으면서 양손을 들어 가볍게 흔들었다. 맞잡은 손을 꽉 쥐었다가 느슨하게 풀어도 보았다. 미세먼지 인간이 이렇게 힘주었다간 손가락이 떨어질 거다. 다시 붙일 순 있겠지만, 기분상 사라진 신체를 보는 게 좋지도 않을 것이다.

"그렇지, 맛있는 것도 못 먹고!"

앞으로 윤기혁은 먼지랑 먼지, 또 먼지만 먹겠지. 그렇게 좋아하던 술도 못 먹고 담배도 못 피운다. 근무시간에도 몇 번이고 담배 피우러 나가고, 돌아오면 담배 냄새가 풀풀 풍겨서 인상 쓰게 됐었는데 꼴좋다.

"그래, 도연아 가자! 사장님이 소고기 쏜다!"

"사장님 완전 멋있어요! 언니도 같이 가요, 네?"

"그래 같이 가요. 밥 먹고 후식은 내가 살게요."

"다정 씨도 참. 내가 카페 사장……인데 정리가 안 됐지 참. 그래요, 고기는 내가 디저트는 다정 씨가 살 테니까 우리 도연이는 맛있게 먹자. 알았지?"

나는 고개만 끄덕였다. 끄덕끄덕. 아무 말도 못 하고 끄덕끄덕.

지금까지 대전에서 발생한 청정 구역 중 가장 큰 범위는 은행동 스카이로드를 중심으로 대전역과 대흥동 일대를 아우르는 것이었다. 이는 전국으로 확대해도 10위 안에 드는 청정 구역이었다. 유지 기간은 일주일이었고 크기는 10위 안일지라도 시간으로 따지면 1위였다. 기차역이 포함되어 있어서 그런지 대전으로 오는 기차표가 연일 매진이라 암표를 파는 사람들까지 있었다. 대전역에서 내린 사람들은 중앙시장에서 먹을 걸 사서 강가 근처에 자리를 잡고 놀기도 했다. 은행동과 대흥동 일대의 카페, 식당, 옷가게 등도 북적거렸다. 스카이로드를 배경으로 마스크 없이 찍은 인증 샷이 SNS를 휩쓸기도 했다.

그런데 윤기혁의 청정 구역은 대전역과 서대전역은 물론 보문산과 뿌리공원을 모두 포함하는 역대 최고 범위가 되었다. 기간도 최장 기록을 세우지 않을까 사람들은 기대하고 있었다. 사람들은 윤기혁이 왜 경찰서에 있는지 다 알고 있는데도, 윤기혁이 한 짓은 깨끗하게 지워졌다.

청정 구역이 크면 클수록 공기정화 능력이 뛰어나다는 의미기 때문에 보장된 일자리와 높은 연봉은 당연했다. 그렇지 않더라도 미세먼지 인간의 수요는 끊이질 않고 있다. 살인죄로 교도소에 들어간 범죄자도 변이만 한다면 특별대우를 받고 사회로 나와 월급을 받고 일을 한다. 월급이 적긴 하지만 미세먼지 인간의 평균 월급에 비해 적은 것이지, 마트 직원으로 일하는 것보다 더 많이 받는다. 하는 일은 그저 숨을 쉬는 것뿐이다. 미세먼지 인간으로 변이했다는 것 하나만으로 지었던 죄가 무마된다. 유가족들이 모여 항의를 했지만, 대의를 위해 참아야 한다는 이유로 기각되었다. 미세먼지 인간의 수가 점점 늘어나고 있으니 나중에는 어떻게 될지 모르겠지만, 현재는 그렇다.

윤기혁도 마찬가지다. 뉴스에서는 연일 윤기혁의 능력에 대해 칭찬하고 분석했다. 어쩌면 공무원이 돼서 청와대에 갈지도 모르겠다. 시간이 지나면서 한 단계 한 단계 위로 올라가고 미세먼지 인간의 권익을 대표하는 자가 될 수도 있을 것이다. 그렇게 나와의 격차는 점점 벌어지겠지.

나는, 나는 윤기혁을 잡지 않은 걸 후회하게 될까?

카페에 손님이 너무 많이 몰려 단기 아르바이트생을 구한 덕분에 나는 정시 퇴근이 가능했다. 사장님은 며칠 더 쉬거나 저녁 때 돌아다니기 불안하면 오픈 시간으로 옮겨주겠다고 했지만 거절했다. 청정 구역이 유지되는 동안에는 윤기혁이 날 찾아올 수 없기 때문이다. 미세먼지 인간은 변이한 그 자리에서 움직일 수 없으니 윤기혁이 칭송을 받는 게 싫어도 청정 구역이 오랫동안 유지되길 바라야만 했다.

게다가 매일매일 다정 언니랑 같이 저녁을 먹는 게 좋았다. 집에 가면 혼자 먹어야 하는데 누군가와 같이 먹는다는 것도 좋았고, 그 상대가 언니인 것도 좋았다. 언니는 혼자 살아서 2인분 이상 주문해야 하는 음식을 먹을 수가 없었는데, 덕분에 먹을 수 있어서 좋다고 했다. 그렇게 말해놓고서 카레, 초밥 등 단품으로 먹을 수 있는 식당에 가 이게 맛있다며 비싼 걸 사주었다.

오늘은 꼭 내가 사야겠다고 마음먹고 퇴근하자마자 서대전공원 쪽으로 뛰어갔다. 많은 사람 속에서 다정 언니를 한눈에 찾을 수 있었다. 환한 가로등 불빛이 언니만 비추는 것처럼 보여 잠시 멍하니 서 있었다.

"왔으면 부르지 뭐 하고 있었어."

"……언니가 너무 눈부셔서 잠시 멍해졌어요."

"그렇게 아부하는 걸 보니 오늘은 고기를 먹여야겠네."

"아부한 거 아니에요. 그리고 일주일 내내 언니가 샀으니까 오늘은 제가 살게요. 저도 돈 버니까 사드릴 수 있어요."

언니는 아무 말도 하지 않고 웃더니 내 팔을 끌어당겨 옆에 앉게 했다. 공원 끝자락에는 청정 구역만 찾아 장사하는 푸드 트럭이 열 개나 자리를 잡고 있었고, 그 앞으로 줄이 길게 늘어져 있었다. 다들 웃는 얼굴로 일행과 대화를 하거나 숨을 크게 쉬고 있었다. 공원 한가운데 돗자리를 깔고 앉아 있는 사람, 트랙을 따라 걷는 사람, 개를 산책시키는 사람 등 주변이 북적거렸지만 시끄럽다기보다 활기차고 생명력이 넘쳤다. 기분이 좋다가도 이 모든 게 윤기혁 때문이라는 생각에 답답해졌지만 이내 고개를 흔들었다.

"왜 그래?"

"윤기혁 때문에 생긴 청정 구역이라 생각하니까 조금 답답해졌는데 괜찮아요. 그건 그거고 이건 이거니까요."

"도연이 대단하네."

"대단하긴요. 실은 언니 저요. 그때, 또 보자고 했을 때요. 순간적으로 흔들렸어요. 지금이라도 굽히고 들어가야 하나. 돈은 많이 벌 테니까 편하게 살 수는 있겠지, 그런 생각이 들더라고요. 그 후에 바로 그렇게 생각했다는 것 자체가 너무 싫어서 제가 너무 싫고 혐오스럽더라고요. 돈이 참 뭐라고……. 앗, 그렇지만 고기 살 수 있어요! 진짜예요!"

"그놈의 돈이 뭔지 싫다가도 많은 돈이 아니더라도 행복해질 수 있을 것 같고, 근데 돈이 더 많으면 더 많이 행복해질 것 같고. 나도 그래. 건강 갈아서 일을 하다 보면 돈이 다 뭔지 싶고, 그렇다고 쉬면 불안해서 계속 스스로를 채찍질하고. 그래서 도연이 너랑 같이 밥 먹고 수다 떠는 게 나한테 휴식이니까, 그래서 언니가 사는 거야. 알았지? 고기 먹으러 가자."

다정 언니는 성격도 다정하고 목소리도 다정하고 말투도 다정하고 눈빛도 다정해서, 옆에 있는 사람의 마음을 흔들었다. 심장이 두근거려 숨을 크게 들이마시고 언니에게 팔짱을 꼈다. 초록빛이 흐드러지는 다정한 봄이었다.

청정 구역은 한 달 가까운 시간이 지났는데도 사라지지 않고 있었다. 거대한 능력이 작은 능력들을 일깨우는지 대전 곳곳에서 여러 사람이 미세먼지 인간으로 변이하며 크고 작은 청정 구역이 발생했다. 이대로 가면 대전 전체가 청정 구역이 될지도 몰랐다.

이런 변화가 윤기혁의 변이를 기점으로 발생했다며 모든 언론에서 윤기혁을 칭송했다. 윤기혁의 근처에 있으면 미세먼지 인간으로 변이할 가능성이 커 보인다는 말이 나오자 전국 방방곡곡 심지어 해외에서도 대전으로 여행을 왔다. 기차가 몇 대 서지 않던 서대전역이 매일 북적이고, 인천공항에서 대전으로 오는 직행버스가 한 시간에 열 대씩 배차될 정도였다. 이마저도 부족해 배차를 늘릴 계획이라고 했다.

TV나 라디오, 인터넷 뉴스 곳곳에서 윤기혁의 업적을 칭송하고 미세먼지 추이를 보도했다. 대전뉴스에서는 윤기혁 덕분에 대전이 살아나고 있다며 대전 시장이 경찰서까지 가서 감사패를 증정하는 장면을 보도하기도 했다. 윤기혁의 청정 구역이 끝나면 그가 청와대에 들어갈 거라는 말도 돌았다.

윤기혁의 지인이라는 이유로 인터뷰를 한 사람들도 있었다.

괜찮은 집안에서 자란 좋은 아들, 수업을 잘 듣고 교수님의 총애를 받는 좋은 학생, 궂은일을 도맡아 하며 후배들을 챙겨주는 좋은 선배. 윤기혁 본인의 인터뷰도 있었다. 이 자리에서 꼼짝도 못 하지만 대전 시민을 위해 능력을 펼칠 수 있어서 너무나도 기쁘다, 앞으로도 많은 사람을 위해 노력하겠다는 내용이었다.

윤기혁은 그저 그런 학생이었다. F만 맞지 않을 정도로 간간이 수업에 참여하고, 술 냄새를 풍기며 지각하고, 조별 과제에서 무임승차하는 사람. 과제 자료조사도 인터넷에 검색하면 바로 보이는 첫 페이지를 그대로 긁어온 것이었다. 농담이라며 성희롱을 하고 친밀함을 가장하여 은근슬쩍 신체를 만졌다. 당사자가 하지 말라고 하면 오히려 펄쩍 뛰며 억울하다고 했다. 네가 예민한 것 아니냐며, 이 정도 장난도 못 하냐고, 이상한 사람 취급한다며 되레 화를 내기도 했다.

공부와 일에 치여 친한 사람이 별로 없는 나도 알 정도면 학과 내에 알음알음 다 퍼졌을 정보일 터였다. 그런데도 미디어는 그가 좋은 사람이라고 도장을 찍고, 그에게 성추행을 당했다고 털어놓는 글이 인터넷에 올라오면 부러워서 음해하는 거라는 댓글만 줄줄 달렸다. 그가 경찰서에 있는 이유는 불의에 처한 여성을 돕다가 뒤통수를 맞아서 그렇다는 말이 퍼졌다. 내 신상이 털리지 않는 게 다행이었다.

대한민국에서 가장 큰 청정 구역을 만들어낸 사람의 과거는 쉽게 묻히고 미화되었다. 나는 그 앞에서 무력하고 나약했다. 윤기혁으로부터 가끔 잘 지내고 있냐, 곧 보려고 했는데 능력이 너무 좋아서 언제 볼지 모르겠는데 기다려라, 아니면 네가 날 보러 오라는 식의 문자가 왔다. 이걸 지워야 하는지 보관해야 하는지 모르겠다. 인간 윤기혁의 문자라면 지속적인 괴롭힘의 증거겠지만 미세먼지 인간 윤기혁의 문자는 아무 소용없었다. 그걸 아니까 이렇게 연락을 하는 거겠지.

윤기혁이 미세먼지 인간으로 변이했다는 걸 알고 일주일 동안 고민한 다음에 산 휴대용 공기청정기를 만지작거렸다. 나를 찾아오지 않을 수도 있지만, 혹시나 하는 생각에 매일 들고 다니는 제품이었다. 휴대용 공기청정기를 막 샀을 때는 재빨리 꺼내서 전원을 켜는 연습까지 했었다.

이상하지. 미세먼지 인간이 있을 때 공기청정기를 작동시키면 살인죄가 적용되는데, 미세먼지 인간이 보통 사람을 죽게 하는 건 죄가 성립하지 않는다. 그동안 쌓인 미세먼지 때문인지, 미세먼지 인간이 무언가를 했는지 불분명하기 때문이었다. 윤기혁이 내 앞에 나타났을 때 정말 공기청정기를 작동시킬 수 있을지는 모르겠지만, 이게 있다는 것 자체가 마음의 위안이 되었다. 이걸 작동시킨다고 해도 바로 죽는 게 아니고, 신체 일부가 사라져도 미세먼지가 있으면 다시 복원되니 살인까지는 안 되겠지. 막막함에 한숨이 절로 나왔다. 그러자 엄마가 내 등을 가볍게 때리며 잔소리를 했다.

"한숨 쉬면 복 나가는데 계속 그럴래? 네 동생 시험 준비하는데 용돈이나 챙겨줘."

"엄마, 나 돈 없어."

"돈이 없긴 왜 없어. 너 돈 벌잖아. 그러지 말고 조금만 챙겨줘. 돈이 없어서 점심을 잘 못 챙겨 먹나 봐. 엄마가 이번 달에 아파서 며칠 쉬었더니 월급이 적게 나와서 그래."

"진짜 없어. 저번 달 월급은 월세랑 도윤이 학원비로 나갔잖아."

"비상금도 없어?"

"없어."

"어휴, 비상금도 안 모아두고 뭐 했니."

비상금은 있었다. 쪼개고 쪼개서 모은, 정말 절실하게 모은 비상금. 그 돈을 이도윤 점심값으로 쓰고 싶지 않았다. 쓰기 싫었다. 휴대용 공기청정기를 살 때도 많이 망설였다. 돈과 내 목숨을 며칠 동안 저울질하다가, 그러는 게 너무 서럽고 서글퍼서 마음 굳게 먹고 산 것이다.

엄마에게는 어떤 일이 있었는지 말할 수 없었다. 윤기혁에 대해 말하면 그 새끼랑 잘해보라고 할 수도 있었다. 아니, 분명 그럴 것이다. 돈이 많으니 여자 쪽 집안도 뒷바라지할 수 있을 테고, 이도윤도 윤기혁을 따라다니면 공무원이 아니라 미세먼지 인간으로 변이할 가능성이 있을 거라며 반길 모습이 훤했다. 쓰레기라고 해도 남자는 여자 하기 나름이라며 참으라고 하겠지. 생각만으로도 진이 빠졌다.

"돈도 없다면서 어디 가?"

"친구네 집 가서 공부할 거야."

"친구 누구? 언제 들어올 건데? 정말 공부하러 나가는 거야? 딴짓하는 거 아냐? 요새 일 끝나면 바로 안 들어오고 계속 늦게 들어오잖아. 남자 생겼어? 그런 거니? 남자는 나중에 만나. 네가 열심히 공부해서 얼른 취업해야 엄마 마음이 놓이잖아. 카페 일 그거 언제까지 할 거야? 번듯한 대학 가놓고 왜 그런 일 하는 거야. 사무 보조나…… 아니다, 예비 미세먼지 인간을 대상으로 영업하는 카페 있잖아. 공기청정기 안 틀고 문 열어놓고 영업하는 카페. 거기서 일하는 건 어때? 네가 좋아하는 카페 일도 하고 미세먼지도 먹으면서 일하면 일석이조 아니니? 아, 여자는 잘 안 된다고 했었지. 공장, 그래 공기청정기 만드는 공장에서 일하는 건 어떠니? 몇 년 바짝 일하고 목돈 마련해서 카페를 차리는 거야."

엄마 말을 듣는 순간 속에서 뭔가가 치밀어 올랐다. 누구라고 하면 알아? 나한테 관심이나 있었어? 내가 쉬지 않고 일해서 생활비 감당하는 거로 부족해? 내가 공장 가면, 가족 생각하라며 돈 다 가져갈 거잖아. 내가 돈 벌어야 하는 거 아니까 가고 싶은 과가 아니라 취업 잘 되는 과로 갔잖아. 도윤이도 공부하면서 일하면 안 돼? 왜 나만, 나만…….

서럽고 화가 나서 눈에 눈물이 고였지만, 아무 말도 하지 않고 집을 나섰다. 뒤에서 엄마가 혀를 차는 소리가 들렸다. 집을 나오고 싶었다. 엄마와 동생 없이 살고 싶었다. 언니가 같이 살아도 되니까 나오라고 했던 말이 머릿속을 맴돌았다. 한 발자국만 내디디면 될 것 같은데, 그게 뜻대로 안 됐다. 내가 없으면 정말 큰일…… 나는 걸까?

정말 미세먼지 인간으로 변이하는 사람들이 많은지, 집 근처도 공기가 청량했다. 어제 몇몇 동네 사람이 미세먼지로 변이했다는 게 사실인 것 같았다. 서울부터 제주도까지 곳곳에서 변이가 일어나는 탓에 이 정도 일로는 인터넷 기사 한 줄도 나오지 않았다. 해외에서도 변이하는 사람이 증가하고 있었다. 인구의 3분의 1정도가 미세먼지 인간으로 변이했으며, 앞으로 더 빠른 속도로 변이할 거라는 말이 돌고 있었다.

이에 따라 신인류의 등장이다, 신이 주신 축복이다, 외계인의 능력이다 등등. 신에 대한 찬양과 음모론이 각종 매체를 통해 다양한 방법으로 흘러넘쳤다. 다른 쪽에서는 인간이 모두 미세먼지로 변이한다면 생식기능이 없어 아기가 탄생할 수 없을 것이며, 이는 인류의 멸종을 뜻한다고 했다. 그러자 곳곳에서 인류 멸망은 신의 뜻이니 죽기 전에 회개하라며 소리쳤다. 그중 난치병에 걸렸거나 신체가 절단된 사람도 미세먼지 인간으로 변이하면 병이 사라지고 신체가 돌아와 축복이라는 설이 더 강력한 지지를 받고 있었다.

청정 구역이 겹치고 겹쳐 다정 언니 집까지 마스크 없이도 걸어갈 수 있게 되어 버스비도 아낄 겸 걸어가고 있었다. 횡단보도

앞에서 신호가 바뀌기를 기다리고 있는데, 머리에 회개라고 적힌 흰 띠를 두르고 팻말을 든 미세먼지 인간이 우렁차게 말하고 있었다.

"미세먼지는 점점 더 심해지고 있습니다! 선택받은 자만이 이 지옥을 벗어날 수 있습니다! 저를 보십시오. 저는 폐암 말기였지만 신께 구원받아 모든 병이 사라졌습니다. 신은 고통으로 제대로 숨 쉬지도 못해 죽을 날만 기다리는 저를 가엾게 여기사 축복을 내려주신 겁니다! 병에 걸렸어도 병이 낫고 앞으로도 병으로 인해 고통 받지 않습니다! 굶어 죽는 이도 생기지 않습니다! 신을 믿으십시오! 신이 당신에게 대답할 것입니다!"

그 반대편에서는 단정하게 차려입은 아주머니가 배 속에서부터 깊이 우러나온 목소리에 빠르지만 정확한 발음으로 말하고 있었다.

"종말이 다가오고 있습니다. 과거에는 물로 벌했다면 이제 공기로 벌을 내리는 것입니다. 마귀는 우리의 눈을 속이고 거짓을 늘어놓고 있습니다. 인간의 형상을 취하고 있으나 겉모습에 현혹되어서는 안 됩니다. 어머니 신을 믿으셔야 합니다. 우리 이웃들이, 특히 남자들이 마귀의 유혹에 쉽게 넘어가고 있습니다. 어머니의 품 안에서 기도해야 천국에 갈 수 있습니다. 우리 모두 기도합시다."

달리는 차들을 사이에 두고 미세먼지 인간과 아주머니가 치열하게 대립하고 있었다. 어느 쪽이든 관심 없었다. 지금 내 신경은 온통 연어덮밥과 연어 초밥 중 무엇을 먹을 것인지에 쏠려 있었다. 언니에게 온 문자를 보며 한참을 고민하다가 연어덮밥이 좋다고 답했다.

집에서 연어를 좋아하는 사람은 나뿐이었다. 밖에서 사서 먹기에는 너무 비싸고, 연어를 사서 집에서 음식을 만들어 먹는 것도 눈치 보였다. 그 돈으로 라면을 사면 몇 개를 사고, 반찬거리를 사면 얼마나 살 수 있는지에 대해 잔소리를 듣는 것도 지쳤다. 엄마가 동생이 좋아하는 치킨을 시킬 때마다 난 치킨 안 먹잖아, 말하는 것도 지겨워 혼자 라면을 끓여 먹은 적도 많았다. 언니 덕분에 몇 달 만에 연어를 먹게 되었다. 생각만으로도 기분이 좋아서 웃음이 나왔다.

횡단보도를 다 건널 무렵 쿵 하는 소리가 들렸다. 서대전사거리에서 또다시 교통사고가 난 것이었다. 서대전역에서 대전역 가는 방향의 사거리 한가운데에서 뒤차가 앞차를 박은 채 서 있었다. 교통량이 많아 차들의 속도가 느려 크게 사고 난 것 같지는 않았다.

차가 많이 밀리겠지만 큰 사고가 아니라 다행이다 싶어 계속 가려는데, 코너를 돌려고 하던 차 한 대가 사람이 지나가고 있는데도 멈추지 않았다. 운전석을 바라보자 미세먼지로 변이한 남자가 핸들을 놓은 채 당황해 어쩔 줄 몰라 했다. 사람들이 놀라서 공원 쪽으로 뛰어갔다. 차는 다른 차를 박고서야 멈췄다.

"시동을 끄고 차에서 내리세요!"

연이은 사고에 누군가가 소리쳤다. 사람들은 그 말을 듣고 신속하게 자동차에서 내려 인도로 뛰어왔다. 뛰어오는 와중에도 변이를 했는지 기쁨의 함성이 들렸다.

"나, 나도 변이했다! 인생 폈다!"

"엄마 나 성공했어!"

여기저기서 변이한다고 외쳤다. 눈 깜박하면 옆에 있던 사람이 미세먼지 인간으로 변했다. 사람들은 당혹스러워하면서도, 혹시 자신도 변이할까 기대감에 찬 표정을 하고 있었다. 핸드폰을 손에 쥐고 있던 남자도, 아이를 안고 있던 여자도 모두 미세먼지로 변이했다. 여자는 아이가 바닥으로 떨어지려 하자 몇 번이나 허우적거렸으나 아이를 제대로 잡을 수 없었다. 먼지로 이루어진 손만 몇 번이고 사라졌다 다시 생겼다. 바로 옆에 있던 아저씨가 아이를 받아내는 걸 보고서야 여자는 안도의 한숨을 내쉬었다. 여자는 아이를 끌어안고 싶었으나 안을 수가 없었다. 우는 것처럼 얼굴을 찡그렸으나 눈물은 나오지 않았다. 아이만 엄마 엄마 목 놓아 불렀다. 여기서 우는 사람은 이게 무슨 상황인지 잘 모르는 아이들뿐인 듯했다. 미세먼지 인간들은 기쁨을 주체하지 못해서 만세를 부르다가 팔을 잃어버렸다. 그래도 쑥쑥 자라는 새싹처럼 팔꿈치부터 손가락까지 천천히 생겼다.

바로 옆에 있던 아저씨도 어느새 미세먼지 인간으로 변이해 나도 모르게 뒷걸음질을 쳐 거리를 벌렸다. 사람들은 미세먼지 인간을 피해서 이곳을 벗어나기 위해 조심스럽게 움직였다.

"어? 왜 내 몸은 이렇게 흐려?"

"뭔가 이상해! 손이 다시 안 생겨!"

"너 때문에 내가 이런 거야! 다른 데로 가지 못해?"

"못 움직이는데 어딜 가요!"

"다들 숨 쉬는 데 집중하세요!"

같은 공간에서 변이한 미세먼지 인간이 너무 많았다. 이 일대가 청정 구역이 되어 저들의 몸을 구성할 미세먼지 자체가 너무 없는 것도 문제였다. 대부분의 미세먼지 인간이 흐릿했다. 짙은색 마루 위에 환한 빛을 쏴야지만 보이는 작은 먼지 같았다. 변이했다는 기쁨은 온데간데없이 공포에 질린 음성들이 도로를 메웠다. 서대전공원에서 일광욕을 즐기고 있는 이들도 마찬가지였다. 변이하지 않은 자들은 혹시라도 자신들에게 피해가 올까 봐 미세먼지 인간이 없는 지하철 입구 쪽으로 모여 주변을 둘러볼 뿐이었다.

모자를 쓴 미세먼지 인간은 발이 뭉개지는 것도 아랑곳하지 않고 한 걸음씩 걸었다. 미세먼지가 많은 곳으로 걸어갈 생각인 것 같았다. 그러다가 원피스를 입고 있는 미세먼지 인간과 부딪쳤다. 부딪치기가 무섭게 순식간에 몸이 형체를 잃고 무너져 내렸다. 다시 인간의 형상으로 되돌아가려 했으나 뿜어져 나오는 담배 연기를 되감기 한 것처럼 여자의 몸으로 흡수되었다. 여자는 눈에 띄게 불투명해졌다. 그걸 본 미세먼지 인간들은 재빨리 주변에 있던 또 다른 미세먼지 인간에게 손을 뻗었다.

미세먼지 인간들은 발차기를 하고 주먹질을 했다. 멱살을 잡고 바닥에 패대기쳤다. 팔꿈치로 찍어 내리고 무릎을 세워 찍어 올렸다. 팔을 잡아 꺾고 뜯어냈다. 아무 소리도 들리지 않았다. 아픔으로 인해 터지는 비명이나 겨우 새어 나오는 신음, 거친 욕설, 몸과 몸이 맞부딪치는 소리, 몸이 바닥으로 떨어지는 소리, 죽어가는 소리. 그런 소리도 없이 미세먼지 인간들은 서로를 없애고 흡수하고 강해지고 다시 사라졌다. 몸의 선을 유지하지 못할 정도로 흐릿한 미세먼지 인간은 누군가에게 흡수되지도 못하고 청정 구역 안에서 깔끔하게 사라졌다.

소리는 그 모습을 지켜보는 사람들 사이에서 터져 나왔다. 어떡해, 어떻게 해, 신고했어? 경찰 왜 안 와? 인터넷에 기사 떴어요! 엄마아아아, 여기만 이러는 게 아니라 다, 다 그렇대요! 우리나라만 아니라 다른 나라도 이래요. 변이하기 싫어! 살려줘! 세상이 멸망할 징조입니다. 늦지 않았습니다. 지금이라도 신을 믿고 회개하십시오! 닥쳐, 이 아줌마야. 지금 그런 소리가 나와? 이 사람도 미세먼지로 변이한다! 차라리 지하철역으로 내려가요. 거긴 공기청정기 돌리잖아요! 정부는 뭐 하는 거야!

무리 지어 싸우던 미세먼지 인간들은 어느새 세 명만 남았다. 진한 회색빛의 밀도 있는 신체. 다른 이들을 잡아먹고 살아남은 것이었다. 변이자가 지하철역 입구에 모여 있는 사람들에게로 천천히 다가왔다. 얼마나 많이 흡수한 건지, 땅을 딛는 발이 단단했다. 우리는 모두 예비 미세먼지 인간이었다. 언제고 저들의 몸을 단단하게 해줄 배터리 같은 것. 사람들은 도망가려 했으나 서대전공원 쪽에서도 싸워 이긴 미세먼지 인간들이 지하철역 쪽으로 다가오고 있었다.

도와줘요, 미세먼지맨! 먼지 괴물이 우릴 죽이려고 해요!

어떤 아이가 겁에 질려 소리쳤으나 달라지는 건 없었다. 그때 손에 쥐고 있던 핸드폰에서 진동이 느껴졌다. 어디냐는 다정 언니의 문자였다. 나는 그 순간 가방에 있던 휴대용 공기청정기를 꺼내 작동시켰다. 총을 겨누듯이 앞으로 뻗자 미세먼지 인간들이 주춤거렸다. 나는 망설이지 않고 발을 내디뎠다. 다시 한 걸음, 또 한 걸음. 그러다 점점 속도를 높였다. 깨끗한 공기 덕분에 뛰어도 숨이 차지 않았다. 나는 그렇게 달려가고 있었다.

찌
찌
레
이
저

여자라면 누구나 성인이 되는 해에 원활한 모유수유를 위한 가슴 수술을 받아야 했다. 수술이 무섭다고, 내 몸은 나의 몸이라고, 아기를 인공 자궁에서 열 달 내내 잘 키우고 아주 좋은 성분의 분유를 만들 기술력이 있지 않느냐고 아무리 외치고 반항해도 수술을 거부할 수 없었다.

장기를 바꾸고 부품을 바꾸고 새로 개선된 기계가 나오면 또 바꾸면서 인간이었지만 인간이 아니게 된, 언제 태어났는지도 모를 고대의 망령들이 계속 권력을 유지하면서 100퍼센트 순수한 인간의 피를 끊기게 해선 안 된다며 내린 명령이었다.

그들은 당연하게도 아주, 아주아주 유교적이었다. 몸뚱이는 기계가 됐으면서 정신은 고릿적부터 내려온 파일을 백업받은 양반들이라 떼잉, 쯧 같은 추임새 없이는 말하는 법이 없었다. 그런 추임새를 몇 단어마다 한 번씩 내뱉어야 한다고 프로그래밍된 게 아닐까 싶을 정도였다. 그놈의 K-패치가 뭔지.

유교의 망령들은 아기를 생산할 수 없는 것들을 모조리 틀어막았다. 대표적인 게 동성결혼과 생활 동반자법이었다. 그들은 아기를 낳을 수 없는 관계는 절대 인정하지 않았다. 인간의 존재 이유는 오로지 생산에만 있다는 태도였다. 뇌에 직접 정보 백업도 가능해서 사상이 불순한 사람들은 어딘가로 잡혀가 새로운 정보를 주입당하고 돌아온다고 했다. 기술이 고도로 발달한 현재에도 뇌에 직접적으로 칩을 삽입할 수는 없다고 하지만 그것도 모를 일이었다.

"여자로 태어났으면 아기를 키우는 행복을 누려야지!"

"순수 혈통인 아기를 품고 낳을 귀한 몸인데 몸가짐을 단정히 해야지!"

"예로부터 아기는 엄마가 열 달 동안 잘 보살피고, 낳아서도 정성껏 모유수유를 해야 아기가 잘 자라는 법이야!"

사람들의 입에서 입으로 전해지는 음모론으로는, 저 고대의 망령들이 100퍼센트 순수한 인간이 되고 싶어 아기를 낳게 하고 키우게 해서 입맛에 맞게 잘 성장하면 그 몸을 차지한다는 말이 있었다. 충분히 신빙성이 있는 말이었다. TV에 자주 나오던 국회의원이 있었다. 뇌 빼고는 모조리 인공장기, 배양한 인공피부, 인공뼈로 교체해 몸이 튼튼했을 게 분명한데도 어느 순간 국회의원은 모습을 드러내지 않았다. 세습이라도 한 것처럼 그 국회의원의 아들이 아주 활발하게 활동했는데, 국회의원과 같은 말투나 버릇이 무의식적으로 나온다는 게 그 이유였다. 그러다가 나이를 먹고 몸이 아프기 시작하면 인공장기로 교체해 쌩쌩해지겠지. 또 그러다가 질리면 새로운 몸을 차지할지도 모른다.

그러나 여자는 순수 혈통의 아이를 낳아야 하니까 아파도 신체 교체 없이 병원 치료만 받아야 했다. 완경이 되기 전까지 여자는 아파도 가슴 외에는 인공적인 그 무엇도 이식할 수 없었다. 완경이 되면 인공관절이나 인공심장 등을 이식할 수 있으니까 다행인 걸까.

……라고 생각하기에는 너무 억울했다. 남자들은 정자만 멀쩡하면 된다고 좆 크기도 키우잖아! 인공 자궁 시설도 있고 남자에게 인공 자궁을 이식해서 임신하게 할 수도 있으면서 이게 무슨 짓이냐고! 그놈의 순수 혈통이 뭔데. 여자 남자가 섹스, 안 되면 인공수정으로 임신하고 여자가 열 달 내내 배 속에서 아기를 키우다가 자연분만으로 낳아 모유를 먹이며 아기를 키워야 한다니. 사람이 죽으면 나의 모든 것을 메모리칩에 저장했으니 확인해라, 따위를 유언으로 남기는 요즘 시대에 이게 무슨 일이냐고!

"나 너무 무서워. 수술하기 싫어!"

"괜찮아, 수술 잘 될 거야."

"도망갈까? 임신과 육아가 자유로운 나라로 도망가는 거야!"

"남자들은 자동차 부품 바꾸듯이 신체를 바꾼다잖아. 그냥 가슴에 기계 부품 하나 넣는 것뿐이야."

"수술하고 나면 브래지어를 매일, 24시간, 잘 때도 착용해야한다는데 넌 할 수 있어? 아니, 그게 문제가 아니야. 왜 내 몸을 내 마음대로 못 하고 국가에서 정해준 대로 임신을 해야 해? 난 못 해. 아니, 안 해!"

그렇게 울부짖었던 내 친구 세희는 결국 도망가다가 잡혀 스무 살이 될 때까지 보호라는 이름 아래 감시를 받다가, 생일이 지난 후가 아니라 스무 살이 되던 해 1월 1일 0시에 가장 먼저 인공 가슴 이식수술을 받았다. 몇 달 만에 만난 세희는 복수할 거라고, 이 사회를 때려 부수고 싶다며 울었다. 나도 세희를 안고 엉엉 울 수밖에 없었다. 기계 다리도, 기계 팔도, 인공심장도 없는, 신체에 허락된 인공적인 것이라고는 오로지 원활한 모유수유를 위한 인공 가슴뿐인 인간 여자는 너무나도 무력했다.

국가는 세희를 주의할 인물로 보고, 세희와 가장 친한 친구인 나도 수술을 거부할까 봐 생일이 되는 날 바로 이식수술을 하겠다고 통보했다. 그게 바로 오늘 아침 8시였다. 세희는 내 생일을 축하한다며 음식을 바리바리 싸 와서 차려주었다.

"옛날엔 수술 전에 금식했었다며? 요즘도 그랬으면 내일 수술했으려나?"

"미안해, 하리야. 나 때문에……."

"네가 미안할 게 뭐 있어. 국가가 좆같아서 그런 건데. 문병 올

필요는 없고 퇴원할 때 와줘."

"진짜 미안해."

"괜찮아. 난, 뭐. 인공 가슴 수술하는 거 별생각 없었어. 여자라고 인공 신체로 안 바꿔주는 게 더 짜증 나지."

최근에는 하늘을 날 수 있게 해주는 보조장치도 나왔다는데, 일반적인 신체로는 감당할 수 없었다. 여자들은 사고가 나도 본인의 신체를 유지할 수 있도록 국가가 최선을 다해주는 데다가, 애초에 그런 위험한 활동은 제한되어 있어서 하지도 못한다. 국가에서 태어날 때부터 자랄 때까지 생활의 전반적인 것을 대부분 지원해주지만 그건 일종의 사육이었다.

"좆같아도 어쩌겠어. 돈이 없는데."

눈물만 주룩주룩 흘리는 세희를 보며 미역국을 한 입 먹었다.

"야, 날 죽여서라도 수술을 말리고 싶었니? 맛 더럽게 없어. 넌 정말 요리하지 마."

"해줘도 난리야!"

"차라리 사 오라고!"

그렇게 우리는 웃고 울면서 조촐한 생일 파티를 했다.

인공 가슴 이식수술은 인간의 다양성을 존중한다며 가슴의 크기나 모양은 원형을 유지한 채 영양분이 풍부한 모유를 생성할 수 있는 기계 부품만 설치했다. 안드로이드 의사가 유선이 어쩌고 모양이 어쩌고 하며 수술 후 부작용은 없겠지만 혹시라도 부작용이 생길 경우에는 즉시 병원으로 오라는 당부를 했다. 그러나 절대, 절대 그럴 일은 없을 거라고 단언했다.

"너무 아픈데요……."

"요즘 사람들은 기계 부품을 몸 안에 너무 많이 가지고 있습니다. 약간의 고통만 있어도 병원으로 달려와 고쳐달라고 하지요. 강하리 님, 바로 이 고통이 당신이 인간이라는 증거입니다. 자랑스러워하셔도 됩니다."

"주사 한 방이면 이런 거 못 느끼잖아요. 진통제 놔주세요."

"강하리 님은 순수 혈통을 낳게 될 귀한 몸입니다. 약물에 너무 의존하면 나중에 아기를 낳을 때 더 힘들다고 느껴질 겁니다. 참고 견디십시오. 참, 이왕 수술하는 거 크기를 더 키워드릴까요? 국가에서 서비스 차원으로 하는 것이니 따로 추가금은 들지 않습니다."

"좆 까……."

"어허, 아기를 낳을 여성이 욕이라니요. 바르고 고운 말을 써야 임신이 빨리 됩니다. 퇴원 후에 가슴을 보호하기 위한 브래지어를 계속 착용해야 하는 건 알고 있지요? 인공 가슴 이식수술을 한 여성분들께는 국가에서 일 년에 다섯 개의 브래지어를 무상으로 제공하고 있으니 꼭 챙기시고요. 그럼, 이만."

의사는 참으라는 말만 하고 가버렸다. 입원한 삼 일 동안 아파서 제대로 잠을 잘 수도 없었다. 다행히 삼 일이 지나자 통증이 많이 가라앉았다. 나는 수술 후 주의 사항이 적힌 종이와 일주일

치 약을 받고 집으로 돌아갔다.

좆같았다. 남자들은 좆이 작으면 인공 좆도 달고, 험하게 놀다가 팔이 부러지면 그 김에 튼튼한 뼈로 교체하고, 눈이 너무 나쁘면 안경을 맞추는 게 아니라 눈알을 맞추면서! 그것도 원하는 색으로 커스텀도 하잖아! 현실이 게임인지 별 모양 반짝이도 넣는 주제에, 뭐? 아기를 낳을 귀한 몸?

너무 억울했다. 너무너무 억울해서 머리끝까지 열이 몰렸다. 온몸이 불타는 것 같았다. 이런 게 말로만 듣던 화병인 걸까? 내가 처음으로 인공 가슴 이식수술을 받고 죽는 사람이 되는 걸까? 겁이 나고 무섭기보다는 화가 나고 억울했다.

그렇게 아기를 가지고 싶으면 인공 자궁에서 키우거나 너희가 자궁을 이식받아서 배 속에 열 달 동안 품고 낳으면 되잖아! 모유 그게 뭐라고! 옛날에는 분유 먹고 자랐잖아! 아기 낳기 싫어! 잘 모르는 사람이랑 섹스하기 싫다고, 이 새끼들아! 좆이 작아서 인공 좆으로 교체하면 뭐 하냐고. 넣고 흔들고 싸기만 한다고 소문이 자자해! 다 부숴버릴 거야!

너무 화가 나서 눈에 눈물이 고였다. 이내 눈물이 줄줄 흐르며 입에서 엉엉 큰 소리가 나왔다. 씨발씨발 욕도 하고 베개에 주먹질도 했다. 너무 거세게 뛰는 심장과 가슴 통증만 아니었으면 하루 종일 그러고 있었을 것이다. 지쳐서 누워 있다가 몸을 일으켰다. 이 와중에 배가 고팠다. 먹자, 먹어야 버티지. 그래야 언제 배정될지 모르는 인공수정을 견디지.

음식을 주문하기 위해 핸드폰을 찾았다. 열받아서 핸드폰도 던져버렸는지 보이지 않았다. 온 집을 뒤져서 침대 아래에 떨어져 있는 핸드폰을 발견했다. 손을 뻗어 핸드폰을 집어 들자 먼지가 가득했다. 화장실에 들어가 손을 닦았다. 상큼한 시트러스 계열의 방향제가 그나마 기분을 달래주었다. 물기를 대충 털고 화장실 불을 끄는데 갑자기 온몸이 찌릿거렸다. 내 몸이 바닥으로 힘없이 쓰러지는 걸 알았지만 아무것도 할 수 없었다. 깜깜했다.

기절하고 일어나니 온몸이 식은땀으로 젖어 있었다. 물기 젖은 손으로 불을 끄면 가끔 전기가 통하더니 결국 오늘은 기절까지 했다. 주먹도 쥐어보고 팔다리를 굽혀보고 몸을 이리저리 돌려봤지만 이상이 있는 것 같지는 않았다. 거울을 보니 안색도 괜찮았다. 샤워나 해야겠다 싶어 화장실로 들어갔다.

머리를 감고 세수를 했다. 샤워 타월에 샤워 젤을 묻혀 왼팔부터 오른팔까지 닦고, 샤워 타월을 펼쳐 등을 닦았다. 그다음에 샤워 타월로 가슴팍을 닦는데…… 레이저가 나왔다. 소리 없이 튀어나온 레이저가 파란색 벽에 작은 구멍을 뚫어놓았다.

멍한 정신으로 다른 쪽 가슴을 문질렀다. 구멍 옆에 또 구멍이 나 있었다. 수평이 아니고 왼쪽이 약간 내려간 걸 보니 내 가슴은 짝가슴이었다. 아니, 이게 아니지. 레이저라고? 내 찌찌에서 레이저가 나간다고? 기계 부품을 달아 보통 사람보다 월등한 체력과 힘이 생길지언정 칼, 톱, 레이저, 총 같은 무기류는 절대 장착

할 수 없었다. 불법 개조를 한 사람들은 감옥에 끌려간 뒤 모든 기계 부품을 제거당한 채 노역을 해야 한다고 들었다.

너무 무서워서 가슴을 제외한 온몸을 대충 문질렀다. 재빨리 씻고 나와 브래지어를 착용했다. 병원에 가서 이거 보라고, 어떻게 사람 가슴에서 레이저가 나오느냐고, 국가에서 배상하고 인공 가슴 제거해달라고 빌든가 깽판을 치려고 했다. 절대로 내 잘못이 아니라고, 그러니까 나에게 죄를 묻지 말라고.

그런데 브래지어를 착용하자마자 명치가 답답하고 숨도 제대로 못 쉬겠고 체할 것 같았다. 그동안 몸을 조이지 않고 가슴만 가려주는 브라렛을 했는데, 인공 가슴을 달았으니 국가에서 만든 와이어가 있는 브래지어를 착용해야만 했다. 태어나서 단 한 번도 와이어가 있는 브래지어를 한 적이 없어서 몸에 가해지는 충격이 더 큰 것 같았다.

답답함에 방을 걸어가면서 무의식적으로 가슴팍을 탁탁 치자 가슴에서 레이저가 발사되었다. 벽에 붙어 있던 컴퓨터가 깔끔하게 가로로 두 동강이 나더니 아랫부분이 바닥으로 떨어졌다. 그 컴퓨터는 순수 혈통 여성을 보조하기 위해서라고 하지만, 결국 우리가 어떤 걸 검색하고 어떤 내용의 글이나 영상을 보는지 감시하기 위해 국가에서 무료로 제공한 물건이었다. 이게 망가지면 안드로이드 경찰들이 수리나 교체를 하러 오고, 불순한 의도를 담아 일부러 망가뜨린 거라면 조사를 받게 되고, 심하면 구금을 당할 수도 있었다.

언제 그들이 집으로 쳐들어올지 몰랐다. 그럼 뭐라고 해야 할까? 제가 가슴이 답답해서 가슴을 툭툭 쳤는데 레이저가 나와서 컴퓨터를 두 동강 냈습니다. 절대 고의는 아니었고요. 그냥 교체만 해주시면 됩니다. 감사합니다…… 이러면 순순히 돌아갈까?

과연 그들은 내 몸에 생긴 이상을 어떻게 생각할 것인가. 나는 어떻게 될 것인가. 이상 현상을 파악하기 위해 나를 연구할 것인가? 순수 혈통 인간과 레이저 쏘는 인간 중에서 무엇을 더 중요하게 생각할 것인가. 순수 혈통은 나 말고 또 있지만 인공 가슴 이식수술을 받고 찌찌에서 레이저를 쏘는 여성은 나밖에 없을 터였다. 이 일이 알려지면 아직 수술을 받지 않은 사람들 중 수술을 원하지 않는 사람에게는 위험하다는 이유로 인공 가슴 이식수술을 거부할 명분이 생길 것이다. 나 때문에 나라가 시끄러워지는 것보다 내 입 하나를 막는 게 훨씬 나을 것이다. 인체 실험을 당하든 살아 있는 자궁 노릇을 하든 어딘가에 평생 갇혀 있을 가능성이 높았다.

내가 할 수 있는 일은 단 한 가지였다.

도망가자!

이왕 도망가는 거 인공 가슴 이식수술을 하기 전에 갈걸 후회됐지만, 어차피 그럴 돈도 용기도 없었다. 세희가 전에 어떻게 도망가려고 했었더라. 전화해서 물어볼까?

"하리야, 퇴원했어? 집이야? 몸은 좀 어때?"

"그게 문제가 아냐. 나 큰일 났어."

"왜? 가슴이 아파서 그래? 의사 새끼들이 약 안 주지? 우리 집으로 올래? 나 신경안정제랑 진통제 있는데 그거라도 먹을래?"

"네가 그걸 왜 먹어?"

"아직도 가슴이 아파서. 의사는 신경성이라고, 수술은 잘 됐고 아무 이상 없다고 하는데 나는 가끔씩 아프더라고. 그래서 처방 받은 거 있어."

세희가 담담하게 말하는 걸 듣는데 가슴이 먹먹해졌다. 그렇게 아파하면서도 아무렇지 않게 생활했었단 말이야? 나한테 말이라도 하지. 목구멍이 뜨겁게 달라붙어 어떤 말도 할 수 없었다. 약간의 침묵 후 세희는 별일 아니라는 듯 입을 열었다.

"곧 괜찮아지겠지, 뭐. 이런 경우도 있다고 했어. 너는 수술한 지 얼마 되지 않아서 그런가 봐. 많이 아파?"

"아픈 게 아니라…… 가슴에서 레이저가 나와."

"뭐? 이런 돌팔이 새끼들! 이거 신고감 아니야? 국가에서 배상해야 하는 거 아니냐고! 몸에 다른 이상은 없어? 괜찮아?"

"몸은 괜찮고, 컴퓨터가 두 동강 났어. 안드로이드 경찰이 곧 올 것 같아. 나 잡혀가서 인체 실험당할 거 같지?"

"……도청이나 해킹당할 수 있으니까 당장 우리 집으로 와."

전화를 끊고 나갈 준비를 했다. 너무 싫었지만 브래지어를 착용했다. 너무 답답하고 숨이 막히는 것 같았다. 그래도 수술을 한 다음에는 꼭 브래지어를 착용하라고 했으니 해야만 했다. 숨을 들이마실 때마다 너무 답답했다. 숨을 내뱉고 다시 깊이 들이마시는데 레이저가 발사되었다. 가슴을 건드리지도 않았는데! 깜짝 놀라서 구멍 난 브래지어를 벗고 다른 브래지어를 착용했다. ……또 구멍 났다. 다른 거 입었다. ……또!

"안 입어!"

브래지어 다섯 개에 구멍을 내고서야 착용을 포기했다. 부랴부랴 옷장을 열었다. 티셔츠를 입고 거울을 보자 찌찌만 툭 튀어나와 보였다. 다른 옷을 입어도 마찬가지였다. 나는 왜 편한 게 좋다고 얇은 옷만 샀던 걸까? 이렇게 잡혀가는 건가?

그러다가 세희가 준 옷이 생각났다. 한참 동안 온 방을 다 헤집고 난장판을 만들고 나서야 발견했다. 경찰이 오면 도둑이 들어서 컴퓨터가 박살 났다고 생각할 수도 있겠는걸?

정신 차리고 세희가 줬던 옷을 입었다. 사방에 검은색 진주가 달린 스웨터였다. 일명 찌찌스웨터. 쓸모없는 선물을 주고받을 때 받은 건데 이렇게 요긴하게 쓸 줄 몰랐다. 어쩜 이렇게 진주 크기도 찌찌랑 비슷한지, 어디서 산 게 아니라 한 땀 한 땀 직접 단 게 아닌가 싶을 정도였다. 특히 진짜 찌찌 위에 달린 두 진주는 화룡점정이었다. 역시 집에서는 노브라를 하는 내 친구다웠다.

스웨터를 입고 찌찌 위에 달린 진주를 툭 친다는 게 가슴을 건드려서 레이저가 나왔다. 당연하게도 옷에 구멍이 뚫렸다. 거울을 보니 가슴만 빤히 보지 않는 이상 뭐가 진주고 뭐가 내 찌찌인지 구분하기 어려웠다. 그래, 어차피 구멍 날 거 자연스러운 게 낫지. 이렇게 합리화하면서 고개를 끄덕이고는 패딩을 입었다.

길을 걷는 내내 주위를 살펴보고 싶었지만 수상하게 보일까 봐 참았다. 패딩의 온열 기능을 켜고 세희 집 쪽으로 걸어갔다. 늦은 밤이었지만 길거리를 돌아다니는 사람은 많았다. 처음에는 몰랐는데 계속 걷다 보니 누군가가 따라오는 듯했다. 단순히 방향이 같은데 내가 예민하게 반응하는 건지 알 수 없었다.

혹시나 싶어 골목으로 꺾어 들어갔다. 발걸음 소리가 따라왔다. 아주 작은 소리지만 내 귀에는 천둥소리처럼 들렸다. 아니야, 그냥 방향이 같을 수도 있잖아. 이 근처 원룸에서 살고 있는 걸수도 있고. 애써 마음을 달래며 골목을 이리저리 헤집었다. 그러나 뒤를 따라오는 기척은 사라지지 않았다. 내가 이리저리 헤매고 다니니 뒤를 쫓는다는 걸 알아차린 건 아닐까 싶어 더 은밀해지는 듯했다. 착각인가? 한 사람이 계속 쫓아오는 게 아니라 여러 사람이 각자 자기 갈 길 가는 것뿐인데 쫓아오는 것처럼 느껴지는 걸까?

나는 아랫입술을 꾹 깨물었다. 슬쩍 몸을 돌리자 검은색 정장을 입고 그늘에 서 있는 사람이 보였다. 그 남자와 나는 스치듯이 지나갔다. 아무렇지 않은 척하려고 했지만 그럴 수가 없었다. 골목이 어두운 데다가 선글라스와 마스크로 가린다고 가렸겠지만 똑똑히 봤다. 지나쳐 간 사람의 피부가 회색이었다.

어떻게든 인건비를 깎으려는 정부에서 야근수당에 위험수당, 주휴수당까지 붙는 사람을 절대 고용할 리가 없었다. 만들기만 하면 유지보수비만 드는 안드로이드가 분명했다.

인공 가슴 수술을 받고 난 다음에 난동을 부리거나 다치는 경우가 있어서 남모르게 감시하는 사람이 생긴 것 같다는 글이 인터넷에 올라왔다가 삭제된 일이 있었다고 들었는데 정말이었다. 컴퓨터로도 모자라서 이렇게 감시 미행을 한다고?

속으로는 아무리 씩씩거려도 겉으로는 티 내지 않으려고 노력했다. 골목을 돌아 편의점 근처에 있는 정류장으로 갈 생각이었다. 그러나 앞쪽에도 검은 옷을 입은 사람이 있었다. 내 뒤를 지나쳐 간 사람과 똑같은 옷을 입고 있었다. 한 놈이 아니었다니. 앞뒤를 막고 나를 잡으려고 하면 어떻게 하지? 겁이 났지만 의연하게 지나가려고 하는데…… 너무 긴장해서 가슴이 답답했다. 나도 모르게 가슴팍을 툭 치자 양 찌찌에서 레이저가 발사되었다! 이 죽일 놈의 습관!

"감시 대상이 공격했다! 대응 사격 허가를 요청……!"

이미 이렇게 된 거 다른 방법이 없었다. 패딩을 펼치고 가슴을 눌렀다. 그러자 하얀색 레이저가 별똥별처럼 정부 요원에게 뻗어나갔다. 몸을 살짝 흔들자 정부 요원의 상체가 채 썰리듯 썰렸다. 내가 몸치라지만 좌우로 흔드는 건 할 수 있지!

"감시 대상이 노브라다! 으아아, 노브라야!"

"세상에, 여자가 속옷도 안 하다니! 말세다! 얼른 잡아라!"

"너희들도 노브라면서, 이거나 받아라!"

나는 뒤를 돌아 다가오는 요원에게도 레이저를 쏘았다. 이번에는 콩콩 점프를 하며 가슴을 누르자 요원의 몸이 세로로 잘리면서 전기가 파바밧 튀었다. 가까이 다가가서 모자를 벗기자 회색 민머리가 나타났다. 사람 형상으로 만들었으면서 사람하고 너무 똑같은 건 싫다고 하여, 안드로이드의 제일 중요한 기관은 사람으로 치면 몸의 중심에 있었다. 거기에 화면이 있고 저장소도 있고 배터리도 있고, 또 뭐라 했는데 잘 모르겠다. 중요한 건 내가 정부 요원을 아주 개박살 냈다는 것이다. 이제 앞으로 나아가는 것 외에 다른 방법은 없었다.

이 사회를 때려 부수자!

안드로이드 정부 요원의 몸에는 당연히 위치추적기와 캠이 달려 있었다. 주기적으로 순찰을 도는 안드로이드 경찰들이 위험 신호를 받았는지 내가 있는 쪽으로 몰려오는 것 같았다. 나는 재빨리 반대편으로 뛰어갔다. 큰길보다는 골목이 도망치기에 좋았지만 골목에서 레이저를 쏘면 담벼락이 무너질지도 몰랐다. 어디로 가야 할지 고민하고 있는데, 이쪽이다! 무기를 가지고 있다! 이런 소리가 들렸다. 진짜, 안드로이드들은 너무 빨라!

사람들 사이에 숨는 게 제일 좋을 것 같아 우선 편의점이 있는 쪽으로 도망가기로 했다. 살금살금 조심히 가기에는 아주 많이 늦었기에 최대한 빨리 뛰었다. 그런데 너무 힘들어! 힘들어 죽을 것 같아! 숨을 거칠게 쉬면서 골목을 막 돌았을 때 앞에서 안드로이드 경찰이 나왔고 내 찌찌에서도 레이저가 나왔다! 이를 본 안드로이드 경찰의 눈이 동그랗게 변했다. 작은 보름달처럼 보이는 눈은 귀여웠지만 상황은 전혀 귀엽지 않았다. 몸이 너무 힘든 나머지 레이저가 계속 발사되고 있었다!

"비켜, 비켜! 레이저 맞기 싫으면 비키라고!"

"얼른 잡아라! 잡아서 브래지어를 입게 해야 해!"

"신성한 여성의 몸을 함부로 굴리다니, 벌금형이다!"

"최대한 다치지 않게 잡아야 해. 저 테러범은 며칠 전에 인공 가슴 이식수술을 한 예비 엄마다! 우리들의 엄⋯⋯."

"좆 까라, 이 새끼들아!"

목표지향적인 안드로이드 경찰들은 나를 잡기 위해 여기저기에서 나타났다. 다시 골목으로 들어온 나는 죽어라 앞만 보고 달리면서 레이저를 발사했다. 이대로 있다가는 무너진 잔해에 깔려 죽을 것 같았다. 길이 없으면 만들어서라도 간다! 몸을 이리저리 움직여 벽을 자르고 발로 살짝 밀어 넘어뜨렸다. 쿵쿵 소리가 났지만 별수 없었다. 얼른 도망가야 했다. 열심히 뛰긴 뛰는데 상대는 안드로이드였다. 당연히 내 뒤를 바짝 쫓다 못해 롱 패딩이 잡혀버렸다.

"잡았다!"

나는 대꾸도 없이 롱 패딩을 훌렁 벗어젖혔다. 그러자 여기저기서 으헉, 헉, 세상에! 이런 소리가 들렸다.

"어떻게 저리 남세스럽게! 저, 저런 옷을 입고 다니다니!"

"망조가 들었어! 나라가 망하겠어!"

"저렇게 많은 저, 젖꼭지라니!"

스웨터에 여기저기 달린 검은 진주가 경찰들이 쏘는 빛을 반사해 아름답게 빛났다. 마치 눈뽕을 맞은 듯 시선을 어디로 둬야 할지 몰라 허둥지둥하는 놈, 내 가슴을 뚫어져라 보는 놈도 있었다. 가슴만 쳐다보던 놈은 뒤에서 뛰어오던 놈과 부딪쳐 넘어지고 말았다. 성별이 없는 안드로이드지만 K-패치는 무시무시했다.

"그래, 노브라다. 이게 사람 찌찌다! 젖꼭지 없는 안드로이드라 속옷 안 입어서 좋겠다, 이 새끼들아!"

너무 열받아서 추운 것도 몰랐다. 우왕좌왕하는 안드로이드들을 뒤로한 채 열심히 벽에 구멍을 뚫어 도로로 나왔다. 국가에서 관리하는 공공 버스나 택시를 탈 수 없으니 계속 뛰어가려 했는데, 멈출 수밖에 없었다. 이미 주변에는 경찰차가 한가득 깔려 있었다. 좆 됐다.

"얌전히 투항하라! 다시 한번 반복한다. 무기를 버리고 투항하라!"

경찰들이 너무 많았다. 야간 근무를 하고 있던 경찰이란 경찰은 다 몰려온 것 같았다. 이렇게 끝인가? 이들에게 얌전히 잡혀가는 수밖에 없나? 국가에서 바라는 대로 순순히 협조하면 살 수 있을까? 어느새 나를 쫓아왔던 안드로이드들이 뒤쪽도 막아버렸다. 손에서 힘이 서서히 빠졌다.

"자신의 몸을 소중히 해라! 미래의 아기를 생각해라!"

"너희들이 붙여놓았으면서 뭘 버리래! 씨발, 이게 너희들이 그렇게 바라던 모유다, 이 새끼들아!"

나는 양손으로 중지를 펼쳐 엿을 먹인 다음에 그 손가락 그대로 가슴을 눌렀다. 골동품 상점에서 발견한 오르골의 발레리나처럼 빙글빙글 돌자 하얀색 레이저도 빙글빙글 돌면서 발사되었다. 레이저가 도달하는 거리가 어느 정도인지는 모르겠지만, 꽤 많은 경찰과 경찰차가 깔끔하게 썰렸다. 이리저리 도망가는 경찰도 있었지만 내가 엇박자로 몸을 한 번 흔들어주면 갈팡질팡하다가 두 동강이 났다.

평평 터지거나 부서지는 소리는 나지 않았다. 레이저는 깔끔하게 모든 것을 잘라버렸다. 안드로이드도 자동차도 모두! 너무 신나게 춤을 췄는지 스웨터가 너덜너덜해졌다.

"본부 지원 바란다! 지금 상황은……."

몸이 사선으로 잘렸는지 본부에 연락을 하던 경찰의 떨어져 나간 왼팔을 발견했다. 나는 그 손이 잡고 있는 무전기를 뺏어 들고 말했다.

"찌찌레이저를 맞고 모두 다 당했다! 너희도 내가 다 썰어버릴 거야!"

가슴을 탁 치고 몸을 살짝 숙이자 안드로이드의 몸이 깔끔하게 잘렸다. 어차피 이들의 뒤에는 파더 컴퓨터가 있었다. 그걸 부숴버려야 이 거지 같은 K-패치가 업그레이드되지 않을 거다. 빌어먹을 유교사상, 빌어먹을 순수 혈통주의자들 같으니. 자기들은 인조인간이면서!

"반항은 소용없다. 여자의 몸으로 어디까지 반항할 수 있을 것 같은가! 순순히 투항해라! 국가를 위해 헌신해라!"

잘려나가고도 나불거리는 머리통이 짜증 나서 공을 차듯 뻥 차려고 했지만 내 발만 아플 것 같았다. 무거운 기계 머리를 날려버리기에 인간의 발은 너무 연약했다. 대신 안면 부분을 돌려 땅바닥에 묻어버리자 계속 나불거리는 소리가 들렸지만 아주 희미했다. 발로 한 번 더 꾹 밟아주고는 스웨터를 벗었다. 너무 더웠는데 옷을 벗으니 시원했다. 그래도 땀이 식으면 추울 것 같아 멀쩡한 재킷을 찾아 헤맸다. 가슴 아래부터 허벅지까지 사선으로 잘린 코트를 발견했다. 안드로이드가 입던 옷이라 온도조절 장치도 없는 단순한 코트였지만 이게 어디냐 하고 탈탈 털어 입었다. 가슴팍이 훤히 드러났지만 상관없었다.

내 패딩을 찾아 주머니에 손을 넣으니 핸드폰이 무사히 있었다. 바로 음악 앱을 켜서 플레이 리스트를 뒤졌다. 음악의 역사에 대해 배울 때 내 마음에 쏙 들었던 음악을 재생하자 흥겨운 비트가 울려 퍼졌다.

절대로 도망가지 않겠어. 끝까지 싸울 거야. 가자, 다 부수러!

소녀는 자신의 이름도 기억나지 않고 죽었는지 살았는지도 모르겠으나 지금 영혼 상태로 떠돌고 있다는 것만은 알았다. 이렇게 된 원인은 아마 아버지 때문인 것 같았다. 앞으로 어떻게 해야 할지 물어볼 사람을 찾고 있는데 때마침 고급스러운 옷을 입은 흰 토끼가 다가왔다. 흰 토끼는 두 발로 헐레벌떡 뛰면서 계속 회중시계를 보고 있었다.

"바쁘다, 바빠! 이러다가 늦겠어!"

"안녕하세요! 여기가 어디예요?"

소녀는 자신의 앞을 지나치는 토끼의 옷자락을 잡아챘다. 토끼는 신경질을 내며 소녀의 팔을 매섭게 내쳤다가 소녀의 얼굴을 보고는 귀를 쫑긋거리며 좋아했다.

"예쁜 아이구나. 폐하께 데려가면……. 이럴 시간 없어!"

토끼는 혼자 중얼거리더니 다시 앞으로 달려갔다. 소녀는 아무도 없는 이곳에서 누군가를 기다리기보다 토끼를 따라가기로 했다. 토끼는 아주 커다란 나무를 향해 달려갔다. 누가 봐도 나무에 부딪힐 것 같아 걱정되었지만, 토끼는 더 빠른 속도로 달려 나무 아래 구멍으로 들어갔다. 소녀는 아주 커다란 나무 아래에 있는 아주 커다란 구멍을 보고 겁에 질려 돌아가려고 했으나 누가 잡아당긴 것처럼 발을 헛디뎌 구멍으로 쏙 들어가고 말았다.

"꺄아아아!"

소녀는 아무리 비명을 질러도 끝이 나지 않아서 입을 다물었다. 이제는 아래로 떨어지고 있는 건지 위로 올라가고 있는 건지 구분할 수 없을 정도였다.

"언젠가는 도착하겠지?"

하품이 터져 나왔다. 소녀는 계속되는 지루함과 도달할 곳에 대한 기대감 속에서 잠이 들고 말았다.

눈을 떴더니 낯선 곳이었다. 소녀는 연보라색 이파리에 분홍색 사과가 가득 열린 나무 아래에 누워 있었다. 일어나서 주위를 살펴보니 파란 하늘 위로 태양과 연두색 달이 떠 있었다. 신비하면서도 아름다운 곳이었다. 소녀는 찬찬히 주변을 둘러봤다. 새가 지저귀고 소녀를 두려워하지 않는 순한 동물들이 나무 사이를 거닐고 있었다. 늘 긴장하며 지냈었는데, 평화로운 풍경 속에 있으니 소녀는 마음이 평온해지는 걸 느꼈다.

발길 닿는 대로 걷다 보니 어느새 강가였다. 소녀는 물을 마시기 위해 강에 가까이 갔다. 고개를 숙이니 검은색 머리카락과 검은색 눈동자를 가진 소녀가 비쳤다. 멍이 들지도, 흉터가 있지도 않은 깨끗한 얼굴이 낯설었다.

소녀는 두 손을 모아 물을 떠 마신 후 강을 따라 걸었다. 동물들이 먹고 있는 열매를 따서 먹자 수분이 많고 달았다. 게다가 배도 불렀다. 배고픔을 해결할 수 있어서 다행이었다. 숲은 위험한 것 없이 그저 평화로웠다. 길도 평탄했고 몸에 달라붙는 벌레도 없었다.

다만 여기가 어디인지, 어디로 가야 하는지 물어볼 사람이 없다는 게 문제였다. 불안하고 초조해진 소녀의 발걸음이 빨라졌다. 동물들도 그걸 느꼈는지 처음에는 소녀가 지나가도 아무 반응이 없더니, 이제는 소녀의 발소리만 듣고도 후다닥 어디론가 사라져 몸을 숨겼다.

소녀는 눈물이 나올 것 같았지만 운다고 달라지는 게 없다는 걸 깨달은 지 오래였다. 차분히 호흡하며 눈물을 참고 있는데 어디선가 말소리가 들리는 것 같았다. 중얼중얼, 할머니가 드라마를 보면서 추임새를 넣는 소리와 비슷했다.

할머니. 소녀의 할머니는 다정하고 좋은 사람이었다. 함께 산 시간은 짧았으나 할머니 덕분에 행복했고, 그 시간들 덕분에 힘들고 고통스러운 순간을 버틸 수 있었다. 그래서 할머니를 떠올리게 한 그 소리를 향해 가까이 갈 수밖에 없었다. '나를 도와줄 거야.' 기이한 믿음이 소녀의 마음을 안정시키고 초조했던 발걸음을 씩씩하게 만들었다.

그러자 소녀의 눈에 보이는 건 커다란 버섯 꼭대기에 쪼그리고 앉아 담배를 피우고 있는 파란 애벌레였다. 그 모습마저 드라마를 보며 마늘을 까던 할머니를 떠오르게 했다. 소녀는 주춤거리면서 애벌레에게 가까이 다가갔다. 소녀를 본 파란 애벌레는 한순간에 담배를 사라지게 했다.

"아가."

정말 소녀의 할머니가 아닐까 싶을 정도로 다정하고 따뜻한 부름이었다. 소녀는 눈물을 터뜨리는 대신 활짝 웃으며 파란 애벌레 앞에 섰다. 너무 오랜만에 듣는 애정 섞인 목소리였다. 소녀는 그 음성을 한 번만 더 듣고 싶다는 생각에 초롱초롱한 눈빛으로 파란 애벌레를 바라봤다.

"아가, 넌 누구길래 여기에 있는 거니?"

"제가 누구인지 모르겠어요. 아무것도 생각나지 않아요. 흰 토끼를 따라가다 구멍에 빠졌는데 눈을 뜨니 여기였어요. 여기는 어디예요?"

"가엾은 것……."

소녀의 할머니도 종종 그녀에게 가엾다고, 미안하다고 하며 머리를 쓰다듬곤 했었다. 그때처럼 소녀를 쓰다듬어주는 손길은 없었으나 파란 애벌레의 말만으로도 충분했다.

"여긴 이상하고 아름다운 나라, 원더랜드란다. 이상할지 아름다울지는 너에게 달렸지. 그렇지만 이름도 기억나지 않는다니……. 불쌍한 아가, 너에게 원더랜드에서 용감하게 모험을 했던 한 소녀의 이름을 붙여줄까?"

"용감하게……. 그 이름을 받으면 저도 용감해질까요?"

"모든 건 네 선택에 달렸단다, 앨리스. 넌 네가 원하는 걸 할 수 있어."

애벌레는 그 말을 마지막으로 연기가 되어 앨리스를 한 바퀴 휘감고는 사라졌다. 이상한 말이었다. 어떻게 해야 할지도 모르겠는데 선택에 달렸다니. 그러나 소녀 아니, 앨리스는 애벌레의 말을 듣고 자신의 존재감이 한층 더 또렷해진 것 같다는 느낌이 들었다. 이제야 이 원더랜드라는 곳에 두 발을 딛고 선 것 같았다. 앨리스는 아까보다 기울어진 해의 방향을 확인하고 해가 떠오르는 쪽으로 걸어갔다.

"여자아이가 왜 숲에 있지? 왕을 피해서 숲에 온 거야?"

으히히힛, 하고 높고 가는 웃음소리와 함께 허공에서 고양이가 나타났다. 말하는 토끼와 달리 말하는 고양이는 옷을 입지 않았으나 까만 털에서는 윤기가 흘렀다. 앨리스는 눈을 반짝이며 아름다운 고양이를 바라봤다. 내려와, 내려와 줘, 하고 속으로 간절히 바랐더니 고양이가 가뿐하게 바닥으로 내려왔다. 앨리스가 저도 모르게 박수를 짝짝 치자 고양이는 얼굴을 쳐들고 늠름하게 박수를 받았다. 앨리스는 고양이의 시선에 맞춰 쪼그리고 앉았다. 그러자 꼬리를 바짝 치켜든 고양이가 앨리스의 다리에 몸을 비볐다. 따뜻하고 보드라워서 앨리스의 마음이 몽글몽글해졌다.

"안녕, 예쁜 고양이야. 나는 앨리스야. 너는 이름이 뭐야?"

"체셔!"

체셔는 앨리스를 밀어 바닥에 주저앉히고는 알맞게 파인 다리 사이로 들어가 몸을 둥글게 말았다. 그게 너무 귀여워서 앨리스는 웃음이 나왔다. 앨리스는 말없이 체셔를 쓰다듬으려고 했다가 그가 싫어할 수도 있을 것 같아 물어보기로 했다.

"쓰다듬어도 돼?"

"그래!"

앨리스가 허락을 받고 체셔의 머리를 쓰다듬자 기분이 좋은지 골골거리는 소리가 들렸다.

"체셔야, 어디로 가야 사람을 만날 수 있어?"

"만나서 뭐 하게?"

"숲에서 계속 있을 수는 없으니까……."

"숲에서 살지 못하다니, 너는 약하구나. 그렇지만 나는 네가 좋아. 여기에는 이상한 놈들이 많거든. 너처럼 나를 반짝반짝 빛나는 눈으로 보는 사람이 없어. 이렇게 기분 좋게 쓰다듬어주지도 않고 다 자기들 멋대로야!"

생각만 해도 화가 치미는지 하악질 하는 체셔를 앨리스는 부드럽게 쓰다듬었다. 계속 쓰다듬고 턱 아래를 긁어주고 머리를 손가락으로 마사지해주자 체셔는 기분이 좋아졌는지 다시 골골 골거렸다.

"모자 장수는 돈을 사랑하고 삼월 토끼는 모자 장수를 사랑해. 여기는 사랑이 넘치는 원더랜드니까. 공작 부인은 아들을 사랑해. 그게 말도 못 하는 돼지라도 말이지! 돼지면서 말을 못 하는 게 가능해? 공작은 가짜 돼지를 낳아 미쳐버린 공작 부인을 사랑해. 어쨌건 수컷이거든. 공작 부인의 딸인 여왕은 미쳐가고 있고, 너도 곧 미칠 거야. 여긴 그런 세상이니까. 그렇지만 네가 미치지 않았으면 좋겠어."

이해가 되지 않았지만 앨리스는 체셔의 말을 잊지 않으려고 노력했다.

"더 말해줄 건 없어?"

그러자 체셔가 일어나 앨리스의 맞은편에 자리를 잡고 꼬리로 바닥을 탁탁 쳤다. 그러더니 가만히 눈을 감았다가 떴다. 세로로 긴 체셔의 눈동자 안에 별이 들어 있었다. 어떤 계시를 내리는 것처럼 별이 빙글빙글 돌며 영롱하게 빛났다.

"앨리스는 선택할 수 있어."

체셔는 그 말을 끝으로 갑자기 나타났던 것처럼 갑자기 사라졌다. 앨리스는 저릿한 다리를 주무르다가 일어나 다시 길을 걸었다.

얼마나 걸었을까. 거짓말처럼 나무 아래에 식탁을 놓고 티타임을 즐기는 이들이 보였다. 검은색 토끼와 모자를 몇 개나 뒤집어쓴 남자만 있는데도 식탁은 매우 컸고, 그 위는 각종 찻잔과 다

과들로 가득 차 있었다. 앨리스는 저들이 체셔가 말한 삼월 토끼와 모자 장수라는 걸 알았다. 앨리스가 어쩔 줄 몰라 주춤거리는 사이 앨리스를 먼저 발견한 모자 장수가 기뻐하며 말했다.

"예쁜 아이로구나! 여왕이 될 수 있는 아이야. 이리 와서 티타임을 같이하자."

앨리스는 모자 장수가 무슨 말을 하는지 몰랐지만 같이 차를 마시자는 말에 조심스럽게 자리에 앉았다. 모자 장수가 차를 따라주고 삼월 토끼가 쿠키를 내밀었다. 쿠키를 잡고 한 입 베어 문 앨리스는 쿠키가 입안에서 사르르 녹아 깜짝 놀랐다. 쿠키를 먹는 앨리스를 본 모자 장수가 과장되게 놀라워하며 말했다.

"우리가 주면 너도 뭘 줘야 한다는 걸 배우지 못했니? 욕심 많은 여자는 마녀로 몰릴 수 있어!"

"저는 가진 게 아무것도 없어요."

주머니에 손을 넣어도 잡히는 게 없었다. 앨리스는 겁에 질려 몸을 웅크린 채 모자 장수의 눈치를 살폈다. 욕을 하거나 물건이 날아오는 일은 없었다. 단지 모자 장수 머리 위에 있던 파란색 모자가 빨간색 고깔모자로 바뀌었을 뿐이었다. 갑자기 변한 모자에 앨리스의 눈이 동그래졌다. 모자 장수는 앨리스의 반응이 기꺼운지 어느새 또 다른 모자를 쓰고 있었다.

"그러지 마, 모자 장수. 여왕이 살 모자를 그렇게 아무에게나 보여줘도 되겠어?"

"맞아, 여왕이 살 모자지. 경박하고 카리스마 있으며 변덕이

끓어 넘치나 원더랜드에서 제일 아름다운 우리의 여왕! 값비싼 모자를 얼마든지 사주는 나의 여왕! 여왕에게 축복이 있으리!"

고깔모자는 어느새 금실로 수놓은 리본 달린 챙 모자가 되고, 오로라를 실로 자아 뜬 모자가 되고, 새의 깃털을 잔뜩 붙인 모자가 되고, 시들지 않는 보석 장미가 박힌 모자가 되었다.

"그렇지만 이제 이 아이가 새로운 여왕이 될 것 같아. 나의 새로운 고객이 되는 거라고!"

앨리스는 여왕이 되고 싶다는 생각이 전혀 없었으나 상황을 살피기 위해 입을 열었다.

"여왕은 어떤 사람이에요?"

"아주…… 아주 아름답고 매혹적이지. 얼굴로 왕을 홀려 여왕이 되었다는 소문이 자자해. 얼굴값을 하는지 값비싼 모자를 사들이는 취미가 있어. 아주 좋은 취미지! 그것 말고는 좋은 게 없어. 남의 목을 뎅겅뎅겅 자르라고 명령하는 것도 취미고. 게다가 왕을 치마폭에 넣고 마음껏 휘두르기까지 한다고. 여왕이 안 됐으면 마녀가 됐을걸! 아주 무서운 여왕이지!"

모자 장수의 말만 들으면 여왕은 아주 무서운 사람이었다. 그러나 왜일까. 앨리스는 자신을 함부로 대하는 모자 장수를 믿을 수 없었다. 모자 장수는 새로 들여올 모자와 모자에 달린 장식과 모자를 구하기 위해 들인 노력을 주절주절 떠들고 있었다. 그 손짓이 커지고 목소리도 점점 커졌다. 본인이 하는 말에 본인이 감탄하고 열을 냈다. 삼월 토끼는 열렬한 눈을 하고 귀를 쫑긋거리면서 모자 장수의 말을 하나하나 듣고 있었다.

남의 목을 뎅겅뎅겅 자를 수 있는 여왕을 깔보다니, 이상한 일이었다. 모자 장수의 태도에 대해 말하고 싶었으나 앨리스는 얌전히 있었다. 만난 적도 없는 여왕보다 눈앞에 있는 모자 장수가 더 무서웠다. 앨리스는 눈치를 보다가 모자 장수가 손짓이 크고 말만 요란할 뿐 아무것도 하지 않는다는 걸 깨닫고 안심했다. 그러곤 모자 장수의 말을 들으면서 혼자 차를 따라 마시고 쿠키와 스콘을 먹었다.

모자 장수는 앨리스에게 너는 이런 걸 가질 수 없을 거라며 한껏 업신여기는 표정을 지으며 생화가 피고 지는 모자를 자랑하다가 앨리스가 눈을 빛내며 열렬히 듣지는 않고 먹기만 하는 걸 보고 소리를 질렀다.

"교양 없이 이게 무슨 짓이야!"

갑자기 들린 큰소리에 앨리스의 몸이 딱딱하게 굳었다. 도망치거나 숨고 싶었으나 자리에서 일어나는 것도, 테이블 아래로 몸을 웅크리는 것도 할 수 없었다. 머릿속이 빙글빙글 돌고 심장이 멎는 것 같았다. 어둠이 앨리스를 집어삼키는 것 같았다. 파란색 별무리가 앨리스를 포근하게 감싸주었다. 품속에서 체셔의 따뜻한 온기가 느껴지기도 했다. 옷에 달라붙어 있던 고양이 털이 떠올라 코를 간지럽혔다.

"에취!"

시원하게 재채기를 하자 굳어 있던 앨리스의 몸이 풀렸다. 모자 장수는 여자애가 교양 없이 큰 소리로 재채기를 한다며 성질을 냈다. 그러나 상관없었다. 재채기와 함께 두려움도 몸 밖으로 튀어 나간 게 분명했다.

'용감하고 씩씩한 소녀의 이름은 앨리스고, 나는 그 이름을 선물 받았어. 모든 건 내가 선택할 수 있어. 나는, 선택할 수 있어. 나는 할 수 있어.'

네가 원하는 대로 될 거야, 으히히힛. 어디선가 체셔의 웃음소리가 들리는 것 같았다. 앨리스는 천천히 눈을 깜박거리며 차분함을 되찾았다. 모자 장수는 계속 앨리스에게 손가락질하며 가정교육을 못 받았다느니 이런 게 여왕이 되면 지금보다 더 많은 돈을 벌 테니 왕에게 얼른 데려가야겠다느니 하는 말을 두서없이 내뱉고 있었다.

"그렇게 말하면 안 돼."

앨리스는 온몸에 힘을 주고 모자 장수를 향해 단호하게 말했다. 모자 장수처럼 소리를 지른 것도 아니었는데 모자 장수는 입을 다물었다. 삼월 토끼가 커다란 눈을 더 동그랗게 뜨고 앨리스를 바라봤다.

"다른 사람에게 함부로 말하면 안 돼."

"너, 너, 뭣도 아닌 너야말로 나한테 이러면 안 돼!"

"예쁜 모자가 많으면 뭐 해. 함부로 말하는 사람에게서 사고 싶지 않아."

"하! 배운 게 없으니 예술 작품도 못 알아보는군! 얼굴만 예쁘면 뭐 해. 너 같은 건 아무도 데려가지 않을걸!"

"다른 사람은 필요 없어. 선택은 내가 하는 거야!"

앨리스는 바들바들 떨면서도 하고 싶은 말을 했다. 토해냈다. 소리쳤다. 그랬더니 속이 너무 후련해서 상쾌하기까지 했다. 앨리스는 가뿐한 마음으로 자리에서 일어나 뒤도 돌아보지 않고 걸었다.

"뭐야, 어디 가는 거야? 뭘 알고 가는 거야?"

"내가 가는 곳이 길이지!"

앨리스는 걸음걸음마다 힘을 싣고 팔도 힘차게 휘둘렀다. 점점 속도가 붙어서 걸음이 빠른 걸음으로, 빠른 걸음이 달리기로 바뀌는 건 한순간이었다. 바람이 얼굴을 스치고 손가락 사이를 간지럽혀서 웃음이 절로 나왔다. 지금까지 앨리스가 만난 이들 중에서 진짜 웃는 건 체셔뿐이었다. 자기가 하고 싶은 대로 하는 여왕은 행복할까? 어떻게 웃을까? 머릿속을 자유롭게 뛰어다니는 생각들이 앨리스의 발걸음을 이끌었다.

앨리스는 어느새 아름다운 꽃밭과 시원한 분수가 있는 정원에 다다랐다. 정원에는 하얀색 장미 나무가 가득했는데, 정원사들이 하얀 장미 하나하나에 빨간 물감을 칠하고 있었다. 이것 또한 여왕의 명령으로 하는 것일까? 앨리스는 조심스럽게 정원사들에게 다가갔다.

"하얀 장미를 심은 모습이 마음에 안 든다면 뽑고 다시 심으면 되잖아. 우리를 괴롭히려고 일일이 다 칠하라고 한 게 분명해!"

"빨간 장미를 심고 나서 다시 하얀 장미가 좋다고 할지도 몰라."

"그러게 말이야. 여왕님은 변덕이 심해도 너무 심해!"

정원사들의 투덜거림을 엿듣고 있는데 정원 한쪽에서 한 무리가 등장했다. 멋지게 차려입은 사람들이 삼삼오오 무리를 지어 걸으며 대화하고 있었다. 그중에는 흰 토끼도 있었고 누가 봐도 이 나라의 왕과 여왕으로 보이는 사람도 있었다.

왕은 세월이 내려앉은 회색 머리카락을 멋들어지게 뒤로 넘기며 중후한 멋을 풍겼으나 얼굴에는 주름이 자글자글했다. 할아버지에 가까운 나이처럼 보였다. 반대로 여왕은 너무 말라 부서질 것 같은, 앨리스 또래의 소녀였다. 보석이 달린 드레스를 입고 꽃처럼 만개한 모자를 쓴 걸 보니 돈을 흥청망청 쓰는 건 사실 같았으나 사람의 목을 뎅겅뎅겅 자르거나 왕을 마음껏 휘두르는 악녀처럼 보이지는 않았다.

나이 많은 왕이 손녀뻘 되는 여왕의 아름다움에 반해 정신을 차리지 못하고 여왕이 하는 말을 모두 오냐오냐 들어주는 모양새가 오히려 징그러웠다. 여왕은 왕과 조금이라도 닿지 않기 위해 잔뜩 긴장한 듯했으나 주변 사람들은 그 모습을 보고 여왕의 위엄이라며 벌벌 떨고 있었다. 그게 너무 우습고 안쓰럽고…… 무서웠다. 보이지 않는 손이 앨리스를 옭아매는 것 같았다. 앨리스는 필사적으로 숨을 쉬려고 노력했다.

'너희는 저 모습이 보이지 않는 거야? 아니면 안 보이는 척하는 거야? 다 늙어빠진 할아버지에게 여자아이를 던져놓고 뭐 하는 거야?'

속에서 열이 차오를 지경이었다. 말을 하지 않고는 못 배길 지경이 되었을 때 여왕과 앨리스의 눈이 마주쳤다. 여왕의 눈동자는 앨리스처럼 까만색이었으나 앨리스에게 없는 고아함이 있었다. 그동안 들었던 여왕에 대한 험담이 다 거짓말 같았다.

"너는 누구길래 예의도 없이 서 있느냐!"

앨리스를 발견한 또 다른 누군가가 소리를 지르자 여왕의 눈동자에 가득 찼던 빛이 순식간에 흐릿해지더니 신경질적이고 짜증 가득한 사람으로 변했다. 다른 사람이라고 해도 믿을 수 있을 것 같았다. 여왕은 제 손을 잡으려는 왕의 손을 지나쳐 앨리스 앞에 섰다. 앨리스는 여왕이 가까이 와서야 첫인상과 달리 자신보다 키가 크다는 걸 깨달았다. 그런데도 여왕은 금방이라도 부서질 것처럼 여리게 보였다.

"너는 누구지?"

"앨리스."

"오호, 예쁜 얼굴에 어울리는 이름이로구나."

소녀의 이름을 들은 왕의 나지막한 목소리가 귀에 꽂히자 앨리스의 온몸에 소름이 돋았다. 여왕은 앨리스를 내려다보며 왕의 말을 지워내려는 듯 소리쳤다.

"외부인이 들어온 것도 모르다니. 경비병들의 목을 쳐라!"

"나의 카나리아, 나의 장미, 나의 부인. 부디 참으시오. 이 넓은 곳을 지키느라 경비병들이 얼마나 힘들겠소. 목을 치는 것보다 훈련으로 벌을 주는 게 어떻겠소? 무엇보다 이렇게 작고 연약한 소녀가 나쁜 짓을 저지르려 여기에 왔겠소?"

왕은 그렇게 말하며 다가와 여왕의 팔에 손을 올렸다. 다른 사람은 모르겠지만 앨리스의 눈에는 여왕의 팔이 미세하게 떨리는 게 보였다. 신경질적인 표정 속에 담긴 두려움도. 이내 여왕은 표독스러운 눈빛을 하고 속살거렸다.

"경비병의 목을 치고 더 실력 있는 자를 데려오는 게 깔끔하지 않겠어요?"

"실력자를 데려올 돈으로 그대에게 값비싼 모자를 선물하겠소."

"좋아요! 너, 앨리스. 크로케를 같이하자."

여왕은 앨리스의 대답을 듣지도 않고 몸을 돌렸다. 우아하지만 타인을 신경 쓰지 않는 여왕을 따라 왕을 비롯한 다른 사람들이 종종거리며 뒤따라갔다. 여왕을 따라가기 전 왕이 흰 토끼한테 눈짓을 했는지 흰 토끼가 자연스럽게 앨리스에게 다가와 입을 열었다.

"역시 폐하께서 좋아하실 줄 알았어. 여왕이 되면 화려한 드레스와 매일매일 맛있는 음식과 반짝거리는 보석을 가질 수 있는데, 어때? 원더랜드에서 가장 귀한 사람이 될 기회를 주는 거야."

"여왕님은 저기 계시잖아요."

"폐하의 귀여움을 받는다고 기어오르는 것도 적당히 해야지. 공작과 사이가 틀어지면 안 되는데 공작 부인이 여왕의 뺨을 때렸단 말이지. 그러면 왕가의 체면을 위해 공작 부인을 사형시킬 수밖에 없단 말이야. 돼지 새끼를 낳았으면 집에서 얌전히 요양이나 할 것이지 뭐 하러 궁까지 와서 왕족의 몸에 손을 댄 건지."

"돼지요?"

"그래, 말도 못 하는 돼지라도 남아를 낳아서 그나마 공작이 체면치레를 했는데 부인이 사형을 당하면 그게 무슨 꼴이냐고. 아무래도 공작가의 피에 영 좋지 않은 게 있는 것 같아 폐하께서 여왕을 바꾸고 싶어 하시는 거야. 게다가 여왕은 달거리를 하지 않아 아이도 낳지 못해. 아이를 낳는다고 해도 공작 부인처럼 돼지를 낳거나 닭을 낳을지도 모르는 일이고."

앨리스는 여왕과 공작 부인이 어떤 대화를 했길래 여왕의 뺨까지 때렸을까 생각해봤다. 그러나 도무지 알 수 없었다.

"이미 폐하께서는 너를 염두에 두고 계시니 마음의 준비를 하고 있어."

그 말만 남긴 채 흰 토끼는 총총거리며 왕의 뒤를 따랐다. 앨리스는 자신의 생각은 고려하지 않는 토끼의 말에 기가 찼다. 뒤따라가서 싫다고 하려 했으나 어느새 크로케 경기장이었다.

"모두 제자리로!"

여왕이 소리를 지르자 모두 우왕좌왕하면서 제자리 같지 않은 제자리를 찾아 헤맸다. 앨리스는 크로케에 대해 아는 게 없어 여왕의 근처에 섰다. 여왕은 그런 앨리스를 보고도 아무 말도 하지 않았다.

크로케를 하는 내내 여왕은 저 여자, 저 남자, 저 새끼, 저놈의 목을 치라고 소리쳤다. 험한 말과는 달리 맑고 곧게 뻗어나가는 목소리가 청량했다. 앨리스는 내심 여왕이 부르는 노래를 듣고 싶다고 생각하며 여왕의 뒤를 졸졸 쫓아다녔다.

앨리스는 주위에서 누군가 치라고 하면 공을 쳤고 가만히 있으라면 있었고 이리로 오라 하면 오고 가라 하면 가면서 시간을 보냈다. 귀족들은 기품은 없으나 순한 얼굴로 얌전히 말을 따르는 앨리스에게 조금씩 거리를 좁히고 있었다.

앨리스는 그 속에서 병사들에게 끌려갔다가 옷이나 머리 모양을 달리해 돌아온 사람들을 발견했다. 하고 있던 액세서리가 사라졌거나 없던 액세서리를 달고 온 사람도 있었다. 돌아온 사람들은 왕을 향해 은근한 인사를 건넸고 왕은 만족스럽다는 듯 자애롭게 웃었다. 여왕은 이걸 알고 있을까?

마른 몸매를 가리기 위해 커다란 어깨 퍼프와 눈을 어지럽히는 무늬가 새겨진 풍성한 드레스를 입고 배에 잔뜩 힘을 줘 소리 지르는 여왕 주위에는 아무도 없었다. 여왕은 목을 치라고 소리치는 사이사이 왕의 눈치를 봤다. 앨리스가 계속 관찰해보니 왕이 눈짓으로 신호를 주면 여왕이 그자의 목을 치라고 소리치는 걸 알 수 있었다. 앨리스는 보면 볼수록 기분이 나빠져서 여왕에게 가까이 다가가 물었다.

"공작 부인과 무슨 말을 했어요?"

"무슨 헛소리를 하는 거지? 네 목도 쳐줄까?"

"당신을 이곳으로 보낸 엄마를 죽이고 싶었어요?"

"아니, 엄마가 제발 당신을 편히 보내달라고 빌었어. 나만 두고, 당신 혼자 편해지겠다고."

앨리스는 그 말을 듣고 무슨 말을 해야 할지 알 수 없었다. 여왕은 화가 났는지 얼굴이 붉게 달아올랐다. 그러자 오히려 창백했던 얼굴에 생기가 돌아 더 아름답게 보였다. 앨리스는 그 얼굴을 보며 홀린 듯이 입을 열었다.

"그렇지만 당신은 여왕이잖아요."

왕과 왕비가 아니라, 왕과 여왕이었다. 두 사람은 성별만 다를 뿐 동등한 왕이었다. 그러나 왕은 이미 오랫동안 왕의 자리에서 통치하던 자였고, 여왕은 왕이 필요로 해서 뽑힌 게 분명했다. 그렇지 않으면 여왕을 앨리스로 바꾸겠다는 말도 할 수 없을 것이다. 왕과 공작의 관계를 공고히 하기 위해 공작의 딸을 여왕으로 만든 것 같았다. 여왕은 원래 공작이 될 사람이었을까? 아니, 돼지라도 남아서 다행이라 했으니 애초부터 권력을 다지기 위한 도구로 키워졌을 게 분명했다. 뭐든 상관없었다. 중요한 건 지금이었다.

앨리스는 바들거리는 여왕을 뒤로한 채 화장실에 간다는 핑계를 대고 잠시 자리를 빠져나왔다. 정원수 아래에서 숨을 돌리는데 하늘에서 이상한 소리가 들렸다. 으히히힛. 체셔의 웃음이었다. 파란 사과가 열린 것처럼 나뭇가지에 체셔의 머리만 동동 떠 있었다. 앨리스는 환하게 웃으며 체셔에게 손을 뻗었다. 그러자 체셔의 얼굴이 날아와 앨리스의 손에 머리를 비볐다.

"여왕이 미쳐가고 있다 했지? 그 말은 아직 미친 게 아니라는 뜻, 맞지?"

"으응."

"앨리스가 선택할 수 있다고 했던 건 정확히 무슨 뜻이야? 내가 생각한 게 맞아?"

체셔가 앨리스의 질문에 답을 하려 할 때였다. 어느새 왕이 나타나 앨리스에게 말을 걸었다.

"지금 누구와 이야기하고 있지? 저건 머리만 있는 고양이인가? 몸통은 어디에 있지? 여왕의 입버릇이 목을 치라고 하는 건데, 저 고양이를 보면 무슨 말을 할지 생각만 해도 사랑스럽군. 네 생긴 게 마음에 들지 않지만, 내 손등에 입 맞추는 걸 허락하겠다."

왕은 체셔에게 말을 걸면서 앨리스에게 몸을 밀착하려 했다. 그러자 체셔의 눈동자가 동그랗게 변했다. 그 모습은 무척이나 귀여웠지만, 왕을 향해 얼굴이 날아가는 모습은 조금 무서웠다. 체셔는 왕의 풍성한 수염을 깨물어 잡아 뜯었다.

"건방지게! 저런 고양이는 없애야 해!"

그렇게 말한 왕은 본인이 고양이를 잡으라고 명하지 않고 앨리스를 찾아 여기까지 온 여왕에게 말했다.

"여왕, 당신이 저 고양이를 없애주면 좋겠소!"

여왕은 처음 만났을 때 봤던 그 말간 눈동자로 체셔를 바라보고는 소리 높여 외쳤다.

"저 고양이의 목을 치시오!"

그러자 왕은 병사를 데려오겠다며 부리나케 사라졌다. 사냥감이 사라진 체셔는 흥미를 잃었다는 듯 앨리스 주변을 빙글빙글 돌았다.

"네가 생각한 게 무엇이든, 네 생각이 맞아."

체셔는 그 말만 남기고 으히히힛 웃으면서 사라졌다. 앨리스는 그 말을 계속 곱씹었다. 여왕은 고양이 털이 잔뜩 묻은 앨리스를 노려보다가 작게 소곤거렸다.

"왕은…… 무서운 자야. 보기와는 달라."

"알아. 징그럽고 소름 끼쳐."

"뭐라고?"

"흰 토끼가 나에게 여왕이 될 마음의 준비를 하고 있으랬어."

"시키는 대로 다 했는데 어째서……."

"당신이 공작 부인의 피를 이어받아서 그랬댔어. 하지만 방금 있었던 일을 생각해봐. 왕은 당신의 말을 듣고 당신의 뜻을 따르기 위해 사라졌어. 여왕의 명령으로 목을 칠 수 있다면, 왕의 목도 치는 건 어때?"

웅크린 채 덜덜 떨던 여왕의 몸은 앨리스의 말을 듣고 서서히 떨림이 멎었다. 그러고는 꽃이 활짝 피어나듯 웅크린 몸을 일으켜 꼿꼿하게 섰다. 도드라진 손등 뼈나 움푹 들어간 쇄골이 안쓰러웠지만 여왕은 여왕이었다. 금세 위엄을 되찾고 턱을 살짝 들어 앨리스를 내려다보며 말했다.

"왜 날 돕는 거지?"

"친구가 될 수 있을 것 같아서."

그 말을 들은 여왕은 나지막하게 웃더니 앨리스에게 손을 내밀었다. 가늘고 상처 하나 없는 고운 손이었다. 앨리스는 상처와 흉터, 굳은살이 사라진 자신의 손을 바라보다가 손을 내밀었다. 두 사람은 서로의 손을 단단하게 붙잡고 두 눈을 빛냈다.

"네가, 왕이 되는 거야."

"내가, 왕이 되는 거야."

뼈 위로 살가죽을 살짝 덮은 것처럼 여왕의 손은 한없이 연약해 보였으나 앨리스의 손을 잡은 그 힘은 강했다. 앨리스는 그것이 살고자 하는 의지인 것 같아 기쁘게 웃었다.

그러나 고양이를 죽이러 병사들을 데리러 갔던 왕은 고양이 대신 여왕을 잡아갔다. 죄목은 사치와 불륜이었다.

재판장에는 이미 사람들이 바글바글했다. 사람 목숨을 파리처럼 여기는 변덕스러운 여왕의 몰락을 구경하러 온 사람들이었다. 그 가운데 여왕의 불륜 상대라는 하트 잭이 오들오들 떨며 서 있었다. 왕이 왕좌에 앉아 손짓하자 문이 열리고 여왕이 들어왔다.

아무런 액세서리도 없이 오직 하얀색 드레스만 입은 여왕은 이전과 달리 무서울 정도로 아름다웠다. 하얀색 드레스보다 더 창백하고 투명한 흰 피부와 어깨를 덮은 검은 머리카락의 조화는 눈앞에 있는 사람이 사람의 목을 함부로 자르라 명하는 소녀가 아니라 여왕이라는 것을 일깨웠다. 평소에는 마른 몸매를 숨기기 위해 크고 풍성하고 다양한 무늬가 있는 드레스를 입었으나, 지금 입은 드레스는 아무 무늬도 없는 데다가 가느다란 허리를 강조해 여왕의 가냘픔이 두드러졌다.

그러나 까맣디까만 눈동자 속에 담긴 불꽃은, 가냘픔을 상쇄하고도 남을 여왕의 군건함과 총명함은 숨기려야 숨길 수가 없었다. 눈을 깜빡거려 눈동자가 가려질 때마다 사람들은 얼른 여왕의 눈동자를 보고 싶어서 애가 닳을 정도였다.

왕은 예상하지 못한 상황에 당황해 그토록 귀애하던 여왕을 어서 잡아 가운데에 세우라는 명령을 내렸으나, 모든 이를 휘어잡은 여왕은 병사의 극진한 보호 속에서 귀족이 가져다준 의자에 앉았다. 모든 이가 여왕만을 바라봤다.

그나마 왕이라고, 제일 먼저 정신을 차린 하트 왕이 소리를 질렀다.

"다들 정신 차려라! 여왕이 왜 저기 서 있는지 잊었는가!"

사람들은 잠에서 깨듯 하나둘씩 정신을 차리고 허둥지둥 자세를 바로 했다. 여왕은 그때까지도 고요히 앉아 있었다.

"흰 토끼는 소송장을 낭독하라!"

그러자 검은색 정장을 입은 흰 토끼는 왕에게 정중히 인사한

다음 두루마리를 펴서 읽기 시작했다. 하트 여왕이 온종일 구운 파이를 하트 잭에게 선물했다는 것이다. 그게 무슨 잘못이지? 하며 사람들이 웅성거리자 흰 토끼는 헛기침을 하더니 뒤이어 말했다.

"하트 잭에게 파이와 함께 연애편지를 준 것을 본 자가 있습니다. 증인이 대기 중입니다."

"증인은 들어오라."

그러자 문이 열리고 모자 장수가 들어왔다. 모자 장수는 아무 무늬도 장식도 달리지 않은 남색 모자를 쓴 채였다. 왕을 비롯한 많은 사람들 앞에서 진술하려면 무척 떨릴 법한데도 모자 장수는 그런 기색이 하나도 없었다. 마치 모든 상황을 미리 알고 있던 사람처럼 걸음걸이도 자연스러웠고 인사도, 증언에 대한 맹세도 자연스러웠다. 어쩌면 여왕의 죽음을 의뢰하고, 그게 실패하면 여왕을 추락시키려 하는 이런 일련의 일이 처음이 아닐지도 모른다는 생각이 들었다. 그래서 여왕도 꼭두각시처럼 왕의 말을 따랐던 건 아닐까. 살기 위해서.

"네 소개를 해라."

"원더랜드에서 가장 존귀하고 존엄하신 폐하께 제 소개를 올립니다. 저는 모자 장수로, 여기 계신 여왕님께서 더 아름답고 누구보다도 돋보일 수 있는 모자를 팔고 있습니다."

"네가 본 것을 자세히 말해보아라."

"네, 저는 그날도 여왕님께서 모자를 구매하신다기에 아주 값비싼 모자를 챙겨 궁으로 들어갔습니다."

모자 장수는 말을 끝마치고 순식간에 모자를 바꿔 썼다. 티타임에서 본 보석 덩어리를 깎아 만든 모자였다. 사람들은 어마어마한 보석 크기에 손으로 입을 가리지도 못하고 놀랐다. 찬란하게 빛나는 보석에 사람들의 눈이 멀 것 같았다. 모자 장수가 그날을 재연하듯 보석 모자를 벗어 여왕에게 내미는 순간, 여왕이 보석 모자의 빛을 모두 빨아들이기라도 한 것처럼 모자가 더는 아름답거나 값비싸게 보이지 않았다.

"보시는 바와 같이 여왕님께서 너무나도 아름다우신바, 제가 힘들게 구한 모자의 값어치가 떨어지고 말았습니다. 그동안의 노력이 허사가 되는 것 같아 상심해 있는데, 여왕님께서 그래도 모자를 구하기 위해 노력한 저를 칭찬하신다며 제게 직접 구운 파이를 주셨습니다. 여왕님의 측근 시중인 하트 잭도 당연히 한 공간에 있었기 때문에 하트 잭에게도 파이를 나눠 주셨습니다. 그때 저는 보고야 말았습니다. 파이 접시 밑에 깔린, 빨간 하트가 그려진 편지지를!"

모자 장수의 말을 따라 사람들은 오오, 어머나, 세상에 따위의 감탄사를 남발했다. 정숙해야 할 재판장에서 조용한 사람은 가장 높은 곳에 있는 왕과 재판을 받는 여왕, 하트 잭 그리고 앨리스뿐이었다.

"저는 좋은 모자를 찾아다니기 위해서 모든 것을 관찰하다 보니 눈이 좋습니다."

모자 장수는 이 상황에서도 모자를 팔기 위해 영업을 하고 싶은 것인지, 저 짧은 말을 하면서도 몇 번이고 모자를 휙휙 바꿔 썼다. 앨리스가 이전에 봤던 모자가 아니었다. 그새 새로운 모자를 구한 건지 어딘가에 쌓여 있는 모자를 가져오는 건지 알 수 없었다. 그러나 사람들은 모자 장수의 새롭거나 아름답거나 기괴하거나 독특한 모자에 관심을 두지 않고 여왕만을 계속 바라보고 있었기에, 모자 장수는 다시 처음에 쓰고 들어온 남색 모자를 쓰고 말을 이었다.

"그래서 편지에 적힌 내용도 볼 수 있었지요. 자신보다 너무 늙은 왕이 지겹고―이때 왕은 매우 무섭게 찌푸린 표정으로 모자 장수를 노려봤다―그동안 비싼 모자들을 사들여 모은 재산도 많으니 하트 잭과 함께 사랑의 도피를 하자는 것이었습니다."

"그러나 하트 잭은 그 편지를 받고 두려워서 혼자 도망치다 이리 잡혀 왔다. 여왕, 네 죄를 알겠는가?"

여왕은 안다 모른다 답하지 않고 왕을 올려다봤다. 꺼지지 않는 빛이 나는 눈동자는 강인했으나 어린 여왕이 할 수 있는 건 없었다. 단 하나도. 왕은 왠지 모르게 느껴지는 섬뜩함을 무시한 채 다음 증인인 정원사를 불렀다.

"증인은 고하라."

"예, 예. 저는 정원사로, 현재 하는 일은 하얀 장미에 빨간색을 칠하는 것입니다."

"처음부터 빨간 장미를 심으면 될 일 아닌가. 왜 그런 짓을 하는 거지?"

"그게…… 여왕님께서 처음에는 하얀 장미를 심으라고 명하셨습니다. 다 심었더니 마음에 안 드신다며 빨간색으로 칠하라고 하셨죠."

하지만 이곳에 있는 대부분의 귀족은 그게 뭐가 문제인지 몰라 웅성거렸다. 여왕은 변덕쟁이였으나 백성들을 사람 취급하지 않는 귀족들에겐 저들이 주인이 원하는 대로 일하는 게 당연했다. 본인들 또한 집에 가면 시중들을 코끝으로 부렸으니까. 보석 모자, 세상에서 하나밖에 없다는 새가 떨어뜨린 깃털을 모아 꾸민 모자, 백성들을 부려 딴 어린잎으로 엮은 모자……. 그것들은 일국의 여왕이라면 당연히 누릴 수 있는 것쯤으로 생각했다.

"솔직히 애인도 만들 수 있는 거 아니야? 나도 있는데 여왕님이 서너 명 있다 해도 괜찮지."

"여왕님과 폐하 사이에 아이가 없잖아. 그래서 그런 거 아니야?"

"그건…… 폐하의 나이가 많아서 안 생기는 거 아니었어?"

"그래, 공작이 후계자가 생겼다며 새끼 돼지를 끌어안고 좋아했다잖아. 폐하도 공작이랑 나이가 비슷하니까 생겨봤자 돼지나 닭 아닐까?"

"그래도 폐하는 잘생겼으니까 말이나 개일 수도 있어."

조용한 재판장에서 주고받는 대화가 적나라하게 울려 퍼졌다. 그 소리를 들은 귀족들은 고개를 끄덕거렸다. 왕은 얼굴이 시뻘

게진 채 의자 팔걸이를 거세게 내리쳤다. 쾅! 하고 강한 소리와 함께 부러진 팔걸이가 계단을 타고 여왕 앞에 떨어졌다.

"누가 그딴 소리를 하는가! 내가 어린 여왕을 배려해 여왕이 원하는 대로 해주느라 조용히 있었다고 이리 무시하는 것이냐!"

사람들은 왕의 거센 분노에 당황해 몸이 얼어붙었으나, 여왕은 떨어진 팔걸이를 무심하게 발로 찼다. 왕을 향해 굴러간 팔걸이가 툭 하고 계단에 부딪혔다. 그 소리가 어찌나 경쾌하던지 마치 꽁꽁 얼었던 얼음이 봄을 만나 갈라지는 소리 같기도 했다.

"사람들은 나를 더 무서워하나 봅니다, 폐하."

여왕이 자리에서 일어나자 드레스 자락이 파도처럼 물결쳤다. 또각거리는 발소리가 파도처럼 밀려와 사람들을 휩쓸었다. 여왕은 천천히 그러나 위엄 있게 걸었다. 왕을 향해, 왕보다 더 높은 곳을 향해. 왕이 있는 단상에 올랐을 땐 카펫 때문에 발소리가 들리지 않았지만 환청처럼 계속 귓가에 맴돌았다. 그 때문인지 누구도 여왕을 제지하지 못했다. 여왕은 자신이 당연히 있어야 할 곳으로 가고 있었다.

여왕은 왕이 앉은 의자를 지나 그 뒤에 있는 대리석 장식대 앞에 섰다. 그러고는 가볍게 손을 들어 위에 놓인 거대한 꽃병을 밀어냈다. 푹신한 카펫 덕에 꽃병이 깨지지는 않았지만, 그 안에 있던 붉은 장미들이 물에 젖어들자 꽃잎이 하얗게 변해갔다.

붉은 물감과 물이 만나 피처럼 붉은 물이 당당히 서 있는 여왕의 하얀 드레스를 적셨다. 타오르는 불꽃, 생생히 피는 장미, 생

명의 피와 같은 색으로 물든 여왕은 한층 더 아름답고 생기 있게
보였다. 여왕은 아랑곳하지 않고 장식대 위에 손을 올렸다. 그 위
로 올라가려고 두 팔에 힘을 주는 게 보였으나 여왕의 가슴까지
올라오는 높이의 장식대라 혼자서는 도저히 올라갈 수 없었다.
여왕이 몸을 돌려 재판장을 내려다봤다. 물 먹은 여왕의 드레스
는 점점 더 붉어져갔다.

"앨리스."

또렷하고 선명한 목소리였다. 여왕은 앨리스를 불렀고, 앨리
스는 그 부름에 답했다. 앨리스가 성큼성큼 여왕에게 다가가자
왕 근처에 있던 호위 기사들이 막으려 했다. 여왕은 차마 건드릴
수 없어 그냥 보냈지만 수상한 자가 왕에게 접근하는 건 두고 볼
수 없었다.

그러나 앨리스는 사뿐사뿐 호위 기사들 사이를 지나쳤다. 앨
리스가 여왕에게 똑바로 가기를 선택했으므로 그것은 당연한 일
이었다. 앨리스는 가벼운 몸짓으로 장식대 위로 올라가 여왕을
끌어올렸다.

여왕과 앨리스는 재판장의 가장 높은 곳에 올랐다. 왕의 정수
리도 보이는 높이였다. 가운데가 뻥 뚫린 왕관 안으로 머리카락
을 봉긋하게 띄워 힘껏 가렸으나 반질반질 빛나는 정수리가 보
였다. 왕은 여왕이 자신의 정수리를 보는 걸 알고 저도 모르게 두
손으로 머리를 가렸다. 그러자 커다란 보석과 녹슬지 않는 황금
으로 만든 왕관이 바닥으로 떨어졌다. 왕은 허겁지겁 자리에서

일어나 한 손으로는 머리를 가리고 한 손으로는 왕관을 주웠다. 볼품없는 모습이었다. 흰 토끼는 사람들의 시선을 왕에게서 떼어내기 위해 앨리스에게 소리쳤다.

"애, 앨리스! 여왕이 되려는 게 아니었어? 왜 여왕의 편이 된 거지?"

"난 여왕이 되겠다고 한 적 없어."

그러자 흰 토끼는 어이없다는 듯 두 발로 거세게 팡팡 뛰어올랐다. 원더랜드의 외부인인 앨리스는 중요한 존재였다. 이대로 여왕에게 뺏길 수 없었다.

"그러면 원래 세상으로 돌려보내줄게. 그건 나만 할 수 있어!"

흰 토끼의 말을 들은 여왕이 불안한지 발바닥으로 바닥을 톡톡톡 두드리는 소리가 들렸다. 앨리스는 여왕을 쳐다보지 않은 채 여왕의 손을 잡은 손에 힘을 줬다. 그러자 두드리는 소리가 잠잠해지더니 마주 잡는 힘이 강해졌다.

"여왕은 왕이 될 거야."

원더랜드의 외부인이 강한 바람을 담아 선택한 것이 언어가 되어 흘러나왔고, 그것은 원더랜드의 법칙이 되었다. 할머니에게 받았던 행복을 가까스로 부여잡고 기억나지 않아 차라리 다행인 삶을 살았던 소녀는, 앨리스가 되어 행복해지길 선택했다. 앨리스는 이제 왕이 될 여왕과 함께 바닥으로 안전하게 내려와 무능한 왕을 향해 천천히 걸어갔다.

호위 기사들은 여왕을 막지도, 왕을 돕지도 못한 채 제자리에서 있었다. 정면에서 바라본 왕은 더 볼품없었다. 검버섯을 가리기 위한 분칠은 군데군데 벗겨져 있고 눈동자는 탁했다. 여왕은 가볍게 손을 뻗어 왕관을 빼앗아 제 머리 위에 썼다. 왕은 어리게만 생각했던 여자아이가 자라 자신의 자리를 뺏어가는 걸 지켜볼 수밖에 없었다. 어느새 여왕의 하얀 드레스는 빈틈없이 붉게 물들어 있었다.

"이제부터."

이곳에 모인 이들은 이미 깨달았다. 이제부터 여왕이 오직 하나뿐인 왕이 되었음을. 누가 먼저라 할 것 없이 고개를 숙이고 예를 갖추었다. 그것은 흰 토끼도 마찬가지였다. 살려면 바닥에 납작 엎드려야만 했다.

"내가 원더랜드의 왕이다."

"경하드리옵니다!"

"앞으로 많은 것이 바뀔 터이니, 그대들은 잘 따라주길 바란다. 어차피 내 말을 따르는 건 평소에도 하던 일이지 않나."

여왕은 인상을 쓰거나 화만 내고 다니던 평소와 달리 화려하게 웃고는 왕만 앉을 수 있는 의자에 앉았다. 그 옆에는 당연히 앨리스가 있었다. 여왕의 말을 듣고 생각에 잠긴 사람들은 여왕의 말이 맞는 것 같다고 인정했다. 그들은 누군가를 사형시키거나 명령을 내릴 때나 모든 말은 여왕의 입에서 나왔다는 걸 깨달았다. 왕은 그저 그럽시다, 그건 좀 그렇지 않겠소, 하며 여왕의 말을 듣거나 말릴 뿐이었다.

여왕이 시종장에게 손짓을 하자 재판장의 문이 활짝 열리고 시중들이 술을 가지고 들어와 귀족들 사이사이를 돌아다녔다. 모든 사람이 술잔을 받았을 무렵, 누군가가 술잔을 높이 들고 소리쳤다.

"여왕님을 위하여!"

"위하여!"

기력을 잃은 왕은 자꾸만 쪼그라들고 쪼그라들어 민들레 홀씨처럼 허공을 부유했다. 어느샌가 나타난 체셔가 와앙, 한입에 왕을 삼켜버렸다. 사람들은 왕이 어디로 갔나 궁금해 하지도 않고 흥겹게 축배를 들었다.

왕이 앉는 의자는 무척 커서 왜소한 앨리스와 왕이 함께 앉기에 충분했다. 앨리스는 왕의 손짓에 어쩔 수 없이 옆에 앉아 붉게 물든 드레스의 축축함과 그 아래 깔린 체온을 느꼈다.

"이제 뭐 할 거야?"

"간신들을 없앨 거야. 소녀들을 바치던 흰 토끼도, 비자금을 조성하던 모자 장수도, 자식을 팔아 권력을 산 공작도……."

"행복해지기 위한 일이네."

"행복…… 응, 이제 행복해질래. 우리 같이 행복해지자."

서로의 다리와 다리를 맞대고 어깨를 붙인 채 왕이 소곤거리자 앨리스도 왕처럼 붉게 물들었다. 옷도, 볼도, 귀도, 입술도.

이곳은 이상하고 아름다우면서도 사랑이 넘치는 나라, 원더랜드다.

'끝끝내'의 세계

민가경(문학평론가)

1. 여성, 그 곤궁에 대하여

미소지니misogyny에 노출된 여성을 '또' 한 명 잃어버려야 했을 때, 이 세계는 그다음 세계를 어떤 접속사로 펼쳐왔던가. **'그래서** 가해자가 상식적인 처벌을 받았다'거나, **'그래서** 실효적인 재발 방지 조치가 이뤄졌다'와 같은 인과因果의 접속사가, 납득 가능한 후행절이 이어졌을까? 이것이 썩 유쾌한 질문이 아니라는 사실은 유감스럽게도 지금껏 전혀 그러지 못했던 현실을 방증한다. 응당한 후행절을 본 기억은 당최 없는 것 같고, 줄곧 생뚱맞은 접속사만이 그다음 세계를 펼쳐왔다. 가령…… **그러나** 가해자에게 선고된 형량은 너무 가벼웠고, **그러나** 그마저도 유예 또는 면제되었으며, **그러나** 그 일들은 너무 쉽게 잊혀버렸다. '그래서'가

잇댈 다음 문장을 기다리기에 '그러나'의 작동 체계가 너무 공고해졌을 때, 소설이 제시해야 할 새로운 접속사는 무엇이 있을까.

김청귤의 소설집 『미드나잇 레드카펫』에는 '그러나'로 미끄러져 온 여성들의 세계가 가득하다. **그러나** 이 여섯 편의 소설에서 눈여겨봐야 할 지점은 작중 여성-주체들이 마냥 '그래서'의 세계를 기다리지 않는다는 점이다. 그들 대부분은 이미 움직이고 있다. 이들의 행동을 촉발한 것은 다름 아닌 일상에서 사사로이 쌓여온 분노의 엽층으로, 다양한 이름의 감정에 의해 대체 가능하다. 이를테면 화를 내자니 딱 나만 이상한 사람으로 몰리고 끝날 정도의 불쾌감이나 입 밖으로 꺼내자니 나만 소심한 사람이 되고 말 정도의 모욕감, 법정에 세우자니 나만 성가시고 말 정도의 두려움, 수치스러워하자니 이젠 너무 일상 같아서 대응하기조차 귀찮아진 역겨움…… 아니, 놀라움, 아니, 한심함……. 이런 미묘한 이름들 말이다.

그러나, 그 일상의 감정들은 아주 구체적이라는 점에서 "주체를 움직이고 서로 달라붙게 만"*들고, 옆자리 여성의 그것을 나의 그것으로 밀착시키는 힘이 있다. 게다가 여성들이 제기한 의문이 제대로 응답받지 못한 동안 내면에 켜켜이 누적되어온 거절감은 더 큰 정동의 정치를 데려온다. 그들 주위를 에워싼 고요함이 '평안'의 동의어가 아니고, 사실은 외려 위험한 '침묵'이었음

---

* 사라 아메드(시우), 『감정의 문화정치』, 오월의 봄, 2023, 364쪽.

을 깨달을 때 감정의 정치는 폭발한다. 어떻게든 우아하고 싶었지만 묵혀온 감정의 더께가 더할 수 없이 무거워지는 순간이 찾아오고, 도무지 잠들 수 없는 분노의 밤도 뒤이어 찾아온다.

째깍……. 뒤틀린 초침이 밤의 정각을 완성하는 순간, 모든 것을 다 때려 부술 혁명이 개시된다. 자정midnight, 감정의 진실이 세계에 작동하는 시간, 김청귤의 여성-주체들은 자리에서 일어나 그들의 손으로 그들의 후행절을 직접 결정한다. 그리고 김청귤은 선행절과 그 후행절을 잇댈 접속사를 기입한다. **그러나**에 굴하지 않고 **끝끝내** 충만한 삶을 향해 나아가겠노라는 선언, 그것이 바로 억울함에서 터져 나온 '상처'를 '상상'으로 봉합해내는 그들의 언어다. '근본'과 '급진'을 동시에 내포하는 형용사 '래디컬radical'이란 단어처럼, 남성의 언어를 해체하는 김청귤의 '근본적'인 언어는 이토록이나 '급진적'이다.

2. 귀 있는 자는 들으라

이 소설집에는 '여성'이라는 계급이 처한 근원적인 불평등을 감지한 여성-당사자의 모습이 반복된다. 아무리 노력해도 자본가와 자신 사이에 건널 수 없는 강이 있음을 깨닫는 무산자처럼, 남성 중심의 사회체제에서 '여성'이라는 하나의 계급이 '남성'이라는 계급과 공존 동생할 수 없음을 깨닫는 파열적 감각이 김청귤의 소설을 관통한다.

먼저 살인 혐의로 취조당하는 주인공의 다변증적 독백으로 구성된 「한밤의 유혈 사태」는 '단 하나의 사건'을 설명하기 위해 다층의 사연을 몇 겹씩이나 파고들어간다. 주인공은 자신의 살인이 의도적 범죄가 아닌 "우연과 우연이 겹친"(14쪽) 우발적 사고임을 강조하고 있는데, 그 과정에서 난무하는 각종 욕설은 그녀의 내면 깊이 퇴적된 분노를 암시한다.

사고의 경위는 대략 이러하다. 주인공에게 닥친 여덟 번의 불행*에 설상가상 생리혈이 새기 시작한 아홉 번째 불행까지 포개어지자, 밤의 시간은 장난처럼 '진짜 우연'을 시험하기 시작한다. 그녀의 어깨에 부딪힌 남성이 '하필' 맥없이 밀려나 '하필' 술병이 가득한 진열대 위로 넘어지고, '하필' 함께 중심을 잃은 주인공이 '하필' 그 위로 포개어지며 '하필' 깨진 술병의 액체와 선혈이 뒤

---

* 그 여덟 번의 불행을 요약하자면 다음과 같다. 첫째, 알싸한 생리혈의 신호로 깨어난 주인공은 심장발작에 버금가는 생리통을 겪어야 했다. 둘째, 돈이 없어 구매를 미뤄온 생리 용품을 사기 위해 길을 나서야 했다. 셋째, 그 와중에 노상 방뇨하던 중년 남성으로부터 위협적인 성희롱을 당해야 했다. 넷째, 중년 남성을 피해 과거 아르바이트 이력('흉흉한 세상'을 이유로 해고당한 이력 포함)이 있는 편의점으로 돌아와야 했다. 다섯째, 자신의 자리를 대체한 남성의 불성실한 근무 태도는 과거 그녀가 사장에게 받은 부당한 업무 요구와 성희롱을 상기시킨다. 여섯째, 게다가 해당 남성은 과거 자신의 친구를 스토킹하던 범죄자였다. 일곱째, 친구는 칼을 들고 쫓아오던 그를 피하기 위해 걸음을 서두르다가 차에 치여 죽은 반면, 그는 '칼로 찌른 적 없다'는 요인이 참작되어 정상적인 삶을 살고 있다. 여덟째, 그 와중에 노상 방뇨하던 중년 남성이 편의점에 들어와 주인공의 심적 안전망을 포위한다.

섞여 빨강의 난장판이 펼쳐진다. '하필' 현장에 있던 중년 남성이 술기운에 비틀거렸고, '하필' 다리가 풀린 그녀가 중년 남성 위로 재차 엎어졌으며, '하필' 뒤로 넘어간 그의 머리통이 '하필' 냉장고에 부딪히는 우연이 연쇄적으로 펼쳐진다.

"너무 우울하고 괴로워서 뭐든 잡히는 대로 잡았는데 그게 칼이었을 뿐"(36쪽)이라는 남성의 진술은, 그가 흉기를 쥐고 한 여성을 뒤쫓았기에 일어난 사고의 필연을 "우연과 우연이 겹친 불행한 사고"(34쪽)로 어렵지 않게 전환시킨다. 그러나 정작 "생리로 인한 심신미약"(37쪽)을 주장하는 주인공의 진술은 비슷한 수준의 사건을 "우연과 우연이 겹친 불행한 사고"로 전환시키지 못한다. 하다못해 정상을 참작하려는 시도는커녕 경찰의 신랄한 냉소만 돌아올 뿐이다. 단 한 번의 진술 동안 수차례 말을 저지당하고, 남성 경찰의 무지를 보충하기 위해 몇 번씩이나 부연해야 하며, "친절하고, 상냥하게"(34쪽) 진술하지 않았다는 이유로 괘씸죄까지 추가될 위기에 주인공은 놓여 있다. 특히 작중 경찰이 표상하는 남성-권력의 호의 유무에 따라 작동하는 분류체계—보호 여성/보호 불필요 여성—에서 이미 후자로 분류된 주인공은 '몸집'이라는 또 다른 분류체계에 따라 "생리대 대형 쓸 것 같은 여자"(28쪽)까지 된다. '귀'는 있어도 '들을 귀'는 없는, '권력'은 있어도 '권위'는 없는 남성-청자에게 "잘 듣기나 하"(9쪽)라는 말을 반복해야 하는 여성-화자의 목소리는 이렇게나 위태하다.

3. 전투하는 몸, 그 위의 권력투쟁

위기에 처한 여성은 이뿐만이 아니다. 김청귤의 여성들은 남성에 의해 끊임없이 스토킹 또는 추격을 당하고 있다. 인공장기로 신체를 개조할 수 있는 먼 미래(「찌찌레이저」)라고 해서 여성의 지난한 현실이 크게 달라진 것 같지는 않다. "100퍼센트 순수한 인간의 피를 끊기게"(161쪽) 할 수 없다는 유교 망령이 건재한 탓에, 여성들은 모유수유만을 목적으로 가슴에 기계 부품을 장착해야 한다. 어떤 여성은 해외로 도피하고 어떤 여성은 체념하며 어떤 여성은 온몸이 불타오르는 분노를 경험한다. 갓 수술을 받고 고통을 호소하며 깨어난 주인공 '하리' 역시 그들 중 하나이나, 원인 미상의 부작용으로 그녀의 가슴에서 강력한 레이저가 발사되기 시작하고, 도주하는 과정에서 자신을 감시하던 정부 요원들을 절단하기에 이른다. "신성한 여성의 몸을 함부로 굴"(176쪽)렸다는 저주와 "국가를 위해 헌신"(179쪽)하라는 요원들의 종용 앞에서, "이제 앞으로 나아가는 것 외에 다른 방법은 없"으므로 "이 사회를 때려 부수자!"(175쪽)고 선포하는 주인공의 목소리는 들라크루아의 〈민중을 이끄는 자유의 여신〉 속 리베르타스처럼 결의에 차 있다. 레이저처럼 가차 없는 여성들의 분노와 목소리를 통해 김청귤은 이런 문제를 제기한다. '과연 지금 이 사회에서 여성의 몸이 진짜 여성의 것이 맞는가?'

다시 「한밤의 유혈 사태」로 돌아가 '생리'를 '그날'이나 '마법'

으로 에둘러 표현하지 않았다는 이유로 소모적인 말싸움을 해야 하는 주인공의 곤궁을 상기해보자. 나라에서 시키는 수술을 받았을 뿐인데 결국 몸을 함부로 굴렸다는 혐의를 쓴 「찌찌레이저」속 '하리'의 난처함도 떠올려보자. 사실상 그 모든 감정은 '생리', '유방' 등 여성의 신체(현상)를 언어화하는 순간, 성애의 공간으로 상정하고 음란한 상상을 맘껏 펼치는 남성의 시선, 그리고 생리를 '임신 실패' 정도의 관념으로 가둬두려는 남성의 독선에서 기인한 것이다. 여성을 '나무' 정도로 인식하며 넘어갈 때까지 찍어 내리는 폭압적 행위를 통해서만 남성성을 획득할 수 있다 믿어온 그들의 오랜 역사는, 여성의 몸을 '텅 빈 기표' 정도로 여기지 않고서야 불가능한 것이었다. 여기서 진짜 문제는 그들이 자기 자신을 향해 수행해야 할 섹슈얼리티 단속을 오히려 여성에게 전가하고 있다는 사실이며, 그런 남성의 단속을 거부하는 여성들을 '불순한 여성'으로 만들 권력이 여전히 그들에게 있다는 현실이다.

이는 「마법소녀, 투쟁!」속 마법소녀들이 처한 현실에서도 드러난다. 그들은 이미 영웅적 지위를 가졌음에도 불구하고 "언제나 어리고 젊고 싱그러워야"(62쪽) 한다는 성애화의 시선에서 자유롭지 못하다. 목숨을 건 전투 와중에도 그들은 "아름답게 보드 위에서 춤을"(57쪽) 추며 남성들의 판타지를 자극해야 하고, 소녀들의 기동성보다 각선미에 초점한 복장은 여성의 가동 범위를 제재하던 전족과 하이힐의 역사를 연상시킨다. 설상가상 아래에서 위로 향하는 카메라앵글은 소녀들의 몸을 굳게 만들고, "땀에 젖으니까 건강미에 섹시미까지 있"(56쪽)다는 외침은 사진 촬영(Shoot)의 어원 그 자체가 되어 '수민'을 죽음에 이르게 하는 결정적 한 방이 된다. 죽어서도 누군가의 노골적 의도가 기입된 사진으로 기억되어야 할 동료를 떠올리며 주인공이 느끼는 감정은 '상실감'보다 근원적인 '무력감'에 가깝다.

또한 죽지 않고 살아남은 마법소녀의 말년이 결국 정해져 있다는 설정 역시 기억해봄직하다. 고작 스물셋이 된 그들은 이십 대 중반에 접어들었다는 이유로 은퇴해야 하며, 남은 수명 동안 가사 노동을 할 것인지 천대받는 중노동을 할 것인지를 택일해야 한다. "세계가 여자들의 돌봄과 노동으로 돌아가고 있었다"(47쪽)는 문장처럼 '거의 전부'의 인류가 마법소녀를 의존하고 있으나 정작 그 체제의 담론을 주도하는 자리엔 남성이 앉아 있다는 대목 역시 아이러니하다. 이 현실은 결국 돌보고 노역하며 목숨 걸고 싸우기까지 했던 마법소녀의 몸이 남성의 권력투쟁을 위한 공간으로 소비되는 데 그쳤다는 증거가 된다.

4. 영웅의 탄생, 그다음

미세먼지 유니버스로 구성된 두 단편 역시 젠더 규범이 한 개인의 존재감을 어떤 방식으로 팽창 또는 축소시키는지를 간접적으로나마 보여준다. 희뿌연 미세먼지로 뒤덮인 가상 세계를 배경으로 하는 「이달의 네일」과 「서대전네거리역 미세먼지 청정 구역」은 미세먼지로 변이한 인간이 호흡을 통해 주위의 공기를 정화시킬 수 있다는 설정을 공유한다. 그러나 그 변이자가 여성 인물인지 남성 인물인지에 따라 서사가 전개되는 방식은 상이해진다.

먼저 「이달의 네일」의 주인공 '하늘'은 하루아침에 급작스런 변이를 맞게 된다. 주위를 청정 구역으로 만드는 기이한 능력은 변이자들에게 각종 혜택을 제공하지만, 정작 '하늘'은 레즈비언 커플이라는 이유로 연인을 수혜 대상에 포함시킬 수 없다. 게다가 성정체성을 감추고 싶어 하는 연인이 여전히 잠에서 깨어나지 못한 상황에서 변이자를 식별하기 위해 포위망을 좁혀 오는 관계자들의 움직임은 '하늘'의 심리를 압박해온다. 뒤늦게 깨어난 연인이 '하늘'의 변이를 알게 됐음에도 불구하고 침묵으로 대응한 것 역시 '흔적 없이 사라지는 것' 외에 대안 없는 주인공의 현실을 암시한다. 어느 보행자의 머리 위에 떨어진 젤네일 한 덩어리 정도의 존재감으로만 남아버린 '하늘'의 결말은 한 레즈비언 커플이 처한 심적 지형을 우회하여 보여준다.

이렇듯 주어진 행운에도 마음 놓고 기뻐할 수 없는 여성의 사연이 「이달의 네일」에서 소묘된다면, 「서대전네거리역 미세먼지 청정 구역」에서는 그 행운을 원 없이 만끽하는 남성이 등장한다. 이 단편의 배경은 미세먼지 구역/청정 구역의 변화 법칙에 적응

하지 못하면 아주 손쉽게 배제되는 '급변의 세계'지만, 동시에 "스물다섯 이상인 남자"(133쪽)만 미세먼지 맨Man으로 변이한다는 믿음이 무작정 통용되는 '남성 중심주의 사회'이기도 하다는 점에서 의미심장하다.

그 중심에는 '윤기혁'이라는 인물이 있다. 주인공 '도연'에게 그는 과거 부친의 부정적인 모습을 연상시킬 뿐 아니라, "선을 그으면 그은 대로, 사근사근하게 말하면 사근사근한 대로 깔아뭉개고 멋대로 휘두르"(128쪽)는 식의 행동을 일삼는다. 그런데 그런 그가 하루아침에 '미세먼지 인간'으로 변이해버린다. 심지어 경찰에 연행되던 순간에 말이다. 아무 노력 없이 정화 능력을 획득한 그는 그 뒤로 의기양양하게 영웅 노릇을 하고, 청정 구역에만 관심 있는 대중은 그의 실체와 무관하게 그를 칭송한다. 이러한 세계는 주인공 '도연'에게 '격차가 점점 벌어지'는 듯한 무력감을 제공하고, 설상가상 남동생만을 신앙처럼 떠받드는 모친은 그녀를 정서적으로 고립시킨다. 가부장제 아래 '도연'이 겪는 위화감은 공기청정기에 손을 뻗어 '윤기혁'을 죽이고 싶을 만큼의 강렬한 분노 에너지로 전환된다.

그러나 그런 '도연'의 눈앞에서 믿을 수 없는 일이 벌어진다. 갑자기 변이자가 동시다발적으로 발생한 것도 모자라 그들이 몸집을 부풀리기 위해, 또는 다른 미세먼지 인간에게 흡수되지 않기 위해 서로를 잡아먹고 서로 위에 무너져 내리는 기괴한 풍경이 펼쳐진 것이다. 영웅으로 여겨지던 그들의 실체가 낱낱이 폭로되는 것은 물론, 한때 그들이 무찔렀던 '먼지괴물' 그 자체로 점점 변해가는 것을 보면서 '도연'은 미리 준비해두었던 휴대용 공기청정기를 그들에게 겨누며 앞으로 나아간다. 바야흐로 새로운 영웅이 탄생하는 순간이다.

여기서 우리는 서론의 질문으로 다시 돌아가볼 필요가 있다. 왜냐하면 우리는 「서대전네거리역 미세먼지 청정 구역」의 결말 뒤로 '도연'에게 펼쳐질 그다음 이야기가 「마법소녀, 투쟁!」속 마법소녀들이 처한 현실로 재차 환원될 위험이 있다는 사실을 잘 알기 때문이다. 새로운 영웅의 탄생 뒤로 이어질 접속사와 후행절에 대한 질문은 계속해서 집요하게 던져져야만 한다.

다만 「앨리스 인 원더랜드」에서는 핏빛 혁명의 주체로 나아간 여성들이 '끝끝내' 온전한 혁명을 완성시키는 장면을 확인할 수 있다. 해당 단편은 '애벌레', '체셔', '모자 장수' 등이 등장한다거나 하얀 장미에 빨간 물감을 덧칠하는 메타포가 유효하다는 점에서 원작의 경로를 크게 이탈하지 않는 듯하다. 그러나 지나치게 늙은 '왕'과 함께 등장한 '여왕'의 베일—'여왕'이 '앨리스' 또래의 소녀에 불과했다는 사실—이 벗겨진 순간, 그리고 "다 늙어빠진 할아버지에게 여자아이를 던져놓"(196쪽)은 기괴한 상황에 대해 주인공 '앨리스'가 의문을 던진 순간 이야기는 원작을 아예 이탈해버린다.

특히 등장인물들의 입을 통해 '앨리스'가 스스로 선택할 수 있다는 메시지가 강조될 때마다 다양한 결절점이 발생하고 있다.

가령 '앨리스'는 여왕을 교체할 계획을 가진 '왕'으로부터 은밀하게 호출당했을 때, '왕'에게 반응하는 대신 '여왕'의 표독스러운 목소리에 귀를 기울인다. '앨리스'는 남성 권력에 희생되지 않기 위해 악역을 자처한 '여왕'이 '왕'의 신호에 따라 사형 집행을 대리 명령하는 목소리에서 무력감을 읽어낸다. 이내 '앨리스'는 "성별만 다를 뿐 동등한 왕"(200쪽)이라는 사실을 이용해, '여왕'에게 '왕'의 목을 치자는 제안을 하고 두 여성은 그렇게 함께 쿠데타를 모의한다.

그러나 결기에 찬 모의 다음 이어진 접속사('그러나')에 주목해보자. 곧장 쿠데타의 성공과 함께 팡파르가 울려 퍼지는 행복한 후행절 대신, 사치와 불륜을 죄목으로 재판장 피고인 자리에 선 '여왕'의 비참한 모습이 후행절로 쓰이지 않았는가. 이는 이 이야기를 '그래서'의 세계를 순항하지 못하고 재차 '그러나'의 좌절로 미끄러진 여성들의 실패담처럼 보이게 만들 수 있었다. **그러나**, '여왕'이 가장 초라하고 가장 밋밋해진 순간이 오히려 "이전과 달리 무서울 정도로 아름다"(204쪽)워진 순간이었다는 대목은 이야기를 180도 반전시킨다. '여왕'의 의연함과 카리스마는 좌중을 사로잡을 뿐 아니라 '왕'까지 압도시킬 만큼 강력했다. 그리고 그런 '여왕'이 서서히 재판장의 가장 존귀한 자리를 향해 걸음을 내딛는다. 이는 그동안 '여왕'이 '왕'에게서 훔치거나 빌려 쓸 수밖에 없었던 '가짜 언어'가 '여왕'의 '진짜 언어'가 된 순간을 드러내며, 동시에 그것이 그녀의 '진짜 권력'이 되었음을 보여준다.

그리고 '여왕'과 '앨리스'는 좌중의 무의식에 이미 정답으로 자리 잡은 문장을 직접 소리 내어 선포한다. "내가 원더랜드의 왕이다."(212쪽)

앞선 다섯 단편은 남성 권력이 형성한 위계에 갇힌 여성들에게 주어진 선택지가 애초에 얼마나 제한적인 것이었는지를, 그리고 그것을 자유로운 선택이라 믿게끔 만드는 언어가 얼마나 교묘한 것이었는지를 폭로했다. 반면 「앨리스 인 원더랜드」는 '이제부터 우리의 선택에 대해서는 우리가 직접 말하겠다'고 선포하는 '그다음' 작업에 초점하고 있다. 규칙의 조건으로 참여하지 못한 채 규칙을 따라야만 했던 여성들은 좌절의 순간에도 한 걸음 나아가 **끝끝내** 선포하는 자리에 올라선다. **끝끝내**. 이것이 바로 김청귤이 『미드나잇 레드카펫』을 통해 제시하고 싶었던 새로운 접속사 아닐까.

5. 가장 뜨거운 밤

가장 말이 없던 사람이 더듬거리는 목소리로 말문을 연 밤. 어쩌면 그 밤은 이전에 들을 수 없던 급진적인 목소리로 가장 시끄러운 밤이 될 수 있다. '들을 귀' 없는 백래시의 주체들이 여성의 언어를 비이성적 언어로 치부하고, '좀 알아듣게 이야기하라'는 식의 수신 거부 제스처를 취할수록, 우리에겐 '더' 다양한 감정을

'더' 여과 없이 펼쳐내는 '더' 다양한 여성이 '더' 많이 필요하다. 그리고 무엇보다 감정의 역량에 주목하는 서사를 향한 믿음이 우리에게 '더' 많이 필요하다.

그런 점에서 김청귤의 여성 인물들은 팔딱거린다. 순백을 자랑으로 여기는 하얀 장미의 세계에 선혈빛 분노와 욕망을 마구 덧칠한다. 보란 듯이 균열을 낸다. 정교한 수사학을 가져보지 못한 그들의 언어에는 오히려 살아 있는 감정의 덩어리가 주는 낯섦이 가득하다. 상처와 상상이 축조해낸 김청귤의 세계는 공손을 거부하는 방식으로 자기 존재 양식을 지키는 여성들을 탄생시켰다. 그들은 이 세계가 '나'에게만 유독 불친절하다는 징후를 애써 외면하지 않았고, 그 과정에서 느낀 정당한 정념을 애써 숨기지 않았다. 이제 그들은 자정 이전의 시간으로 돌아가지 않겠노라 다짐한다. 기다림을 조건으로 제시하며 약속을 지연시키는 노련한 속임수에 더 속지 않겠다고 말한다. 왕이 선심 쓰듯 내어주는 '왕비'라는 옆자리를 거부하고, 뚜벅뚜벅 위풍도 당당하게 레드카펫을 밟는다. 그리고 **끝끝내** 스스로를 '여왕'의 자리에 앉힌다.

그러나를 전복시키는 혁명의 접속사는 이렇듯 단 하나. **끝끝내** 나아가기. 작은 보폭이라도 일단 떼고 보기. 그다음엔 전속력으로 닫기. 금기된 것을 향해 계속 나아가기.

작가의 말

안녕하세요. 김청귤입니다. 「작가의 말」을 쓰는 게 소설을 쓰는 것보다 늘 어렵고 떨립니다. 독자분들이 이 소설을 읽고 어땠는지 궁금해집니다. 이 소설집은 제가 활동을 시작한 19년도부터 22년 사이에 쓴 소설들로 구성되어 있습니다.

공모전에서 「서대전네거리역 미세먼지 청정 구역」이 당선되어 글을 쓰게 되었지만, 책이 나오는 데까진 시간이 걸렸기 때문에 실제로 제 이름을 알리게 된 작품은 「찌찌레이저」입니다. 아마 그때 인터넷에서 여자의 가슴은 숨겨야 한다느니 속옷을 가리기 위해 그 위에 무언가를 입어야 한다느니 말이 많아서 쓰게 된 것 같습니다. 아주 가끔 '나는 찌찌레이저를 썼던 사람인데……' 하며 요즘 쓰는 소설과의 간극을 떠올려보곤 합니다.

「한밤의 유혈 사태」는 생리통에 시달리던 때 심신미약으로 형량이 감소하는 여러 사건을 보며 화가 나서 썼습니다. 정말 초창기에는 '화'가 소설 쓰는 원동력이었던 것 같습니다. 「마법소녀, 투쟁!」도 화에서 비롯된 소설입니다. 슬프지만 투쟁해야 할 것들이 세상에 너무 많은 듯합니다. 「이달의 네일」은 「서대전네거리역 미세먼지 청정 구역」 다음에 쓴 이야기입니다. 둘 중 어떤 걸 공모전에 낼까 고민했는데 「서대전네거리역 미세먼지 청정 구역」으로 공모전에 당선되었으니 선택을 잘한 것 같습니다. 두 소설을 소설집으로 엮을 수 있어 기쁘게 생각합니다. 「앨리스 인 원더랜드」도 소녀들의 투쟁이라 할 수 있겠습니다. 소녀들의 승리와 행복으로 소설집의 마무리를 하게 되었습니다.

세상에, 이번 단편집에 수록한 소설들의 원동력은 화와 투쟁이라고 해도 고개를 끄덕일 듯합니다. '김청귤'이라는 이름을 떠올렸을 때 기대한 이야기가 아니더라도 또 다른 재미라며 즐겁게 읽어주셨으면 좋겠습니다. 앞으로도 가슴 아픈 사랑 이야기부터 화와 투쟁의 이야기까지 열심히 쓰겠습니다.

초창기의 소설들을 엮어보자며 제안해주신 출판사 관계자분들과 언제나 힘이 되어주는 여러 동료 작가님, 특히 옆에서 응원해주신 김이삭 작가님께 감사드립니다.

무엇보다 이 책을 읽은 모든 분께 감사드립니다. 가끔은 힘들고 지칠 때가 있겠지만, 그보다 더 많이 즐겁고 행복하시길 바라겠습니다.

감사합니다.

수록 작품 발표 지면

마법소녀, 투쟁!

『이상한 나라의 스물셋』 앤드

서대전네거리역 미세먼지 청정 구역

『미세먼지』 안전가옥

앨리스 인 원더랜드

『앨리스 앤솔로지: 이상한 나라 이야기』 고블

미드나잇 레드카펫

ⓒ 김청귤, 2024

초판 1쇄 인쇄일 2024년 2월 1일
초판 1쇄 발행일 2024년 2월 26일

지은이   김청귤
펴낸이   정은영
편집   박서령 박진혜 최웅기
디자인   이선희
마케팅   이언영 연병선 한정우 윤선애 이유빈 최문실 최혜린
제작   홍동근

펴낸곳   네오북스
출판등록 2013년 4월 19일 제2013-000123호
주소   04047 서울시 마포구 양화로6길 49
전화   편집부 (02)324-2347, 경영지원부 (02)325-6047
팩스   편집부 (02)324-2348, 경영지원부 (02)2648-1311
이메일   neofiction@jamobook.com

ISBN 979-11-5740-398-1 (03810)